AF362444

BIBLIOTHÈQUE DES ÉCOLES FRANÇAISES D'ATHÈNES ET DE ROME
PUBLIÉE
SOUS LES AUSPICES DU MINISTÈRE DE L'INSTRUCTION PUBLIQUE

LES REGISTRES D'URBAIN V

(1362-1363)

RECUEIL DES BULLES DE CE PAPE

PUBLIÉES OU ANALYSÉES

D'APRÈS LES MANUSCRITS ORIGINAUX DU VATICAN

PAR

M. DUBRULLE

ANCIEN MEMBRE DE L'ÉCOLE FRANÇAISE DE ROME

PARIS
E. DE BOCCARD, ÉDITEUR
ANCIENNES LIBRAIRIES THORIN & FONTEMOING
1, Rue de Médicis, 1

1926

URBANI PP. V

ANNI I

(1362-1363)

LITTERÆ DE PROVISIONIBUS PRÆLATORUM

Datum *Avenione.*

8 (VI id.) *nov.* 1362. T. IIIXVIII.

1. — *Dilecto filio Hugoni, abbati monasterii Trenorchiensis, ad Romanam ecclesiam nullo medio pertinentis, ordinis sancti Benedicti, Cabilonensis diocesis, salutem, etc.* Rationi congruit et convenit equitati ut ea que de Romani pontificis providentia presertim in provisionibus ecclesiarum cathedralium et monasteriorum vacantium processerunt, licet eius superveniente obitu littere confecte non fuerint super illis, plenum sortiantur effectum. Dudum siquidem monasterio Trenorchiensi, ad Romanam ecclesiam nullo medio pertinenti, ordinis sancti Benedicti, Cabilonensis diocesis, tunc ex eo quod felicis recordationis Innocentius Papa VI, predecessor noster, de persona venerabilis fratris nostri Petri, episcopi Sancti Papuli, tunc abbatis dicti monasterii, licet absentis, ecclesie Sancti Papuli tunc vacanti apostolica auctoritate providit, ipsumque eidem ecclesie prefecit in episcopum et pastorem, abbatis regimine destituto, idem predecessor intendens ad ipsius monasterii provisionem celerem et felicem, de qua nullus ea vice preter ipsum se intromittere potuerat neque poterat, pro eo quod idem predecessor diu ante prefectionem huiusmodi provisiones omnium ecclesiarum cathedralium et monasteriorum extunc in posterum vacaturorum per provisiones per eum faciendas de prelatis eorum ubilibet constitutis aliis ecclesiis et monasteriis tunc vacantibus et in antea vacaturis collationi et dispositioni sue reservans, decrevit extunc irritum et inane si secus super iis per quoscumque quavis auctoritate scienter vel ignoranter contingeret attemptari, ne dictum monasterium longe vacationis exponeretur incommodis, paternis et solicitis intendens studiis, post deliberationem quam de preficiendo eidem monasterio personam utilem et etiam fructuosam, cum fratribus suis, Sancte Romane ecclesie cardinalibus, habuit diligentem, demum ad te priorem prioratus conventualis Lewensis, Cluniacensis ordinis, Cicestrensis diocesis, in sacerdotio constitutum, litterarum scientia preditum, vite ac morum honestate decorum, in spiritualibus providum et in temporalibus circumspectum ac aliis virtutum meritis, prout ex fidedignorum relatione perceperat, multipliciter insignitum, convertit oculos sue mentis, quibus omnibus debita meditatione pensatis, de persona tua eidem monasterio, non obstante quod in prioratu alterius forme habitus quam in monasterio predictis gereretur, de dictorum fratrum consilio, videlicet VI kalendas augusti pontificatus sui anno decimo, apostolica auctoritate providit, teque illi prefecit monasterio in abbatem, curam et administrationem ipsius tibi in spiritualibus et temporalibus plenarie committendo, ac voluit quod extunc illius forme gestares habitum qui in dicto monasterio geritur et habetur, ac te ipsius institutis regularibus conformares. Cum autem postmodum idem predecessor litteris ipsis super provisione huiusmodi non confectis, sicut Domino placuit, rebus fuerit

Datum *Avenione.*

humanis exemptus. Nos divina favente gratia ad apicem summi apostolatus assumpti volentes quod predicta provisio plenum sortiatur effectum ac sperantes in eo qui dat gratias et premia elargitur quod dictum monasterium per tue circumspectionis industriam gratia tibi assistente divina prospere dirigetur, et salubria dante Domino suscipiet incrementa, discretioni tue per apostolica scripta mandamus quatinus impositum tibi onus dicti monasterii a Domino devote suscipiens curam et administrationem predictas sic salubriter geras et sollicite prosequaris quod prefatum monasterium administratori fructuoso gaudeat se commissum tuque proinde preter eterne retributionis premium nostre benivolentie gratiam uberius consequi merearis. Datum Avinione VI idus novembris anno primo. — *In eodem modo, dilectis filiis conventui monasterii Trenorchiensis, ad Romanam ecclesiam nullo medio pertinentis ordinis sancti Benedicti, Cabilonensis diocesis, salutem, etc.* Rationi congruit, etc., *usque* incrementa, discretioni vestre per apostolica scripta mandamus quatinus dictum Hugonem abbatem pro nostra et eiusdem Sedis reverentia benigne recipientes et honorifice pertractantes exhibeatis ei obedientiam et reverentiam debitam et devotam eius salubria monita et mandata suscipiendo humiliter et efficaciter adimplendo. Alioquin sententiam quam idem Hugo abbas rite tulerit in rebelles ratam habebimus et faciemus auctore Domino usque ad satisfactionem condignam inviolabiliter observari. Datum ut supra. — *In eodem modo, dilectis filiis universis vassallis monasterii Trenorchiensis, ad Romanam ecclesiam nullo medio pertinentis, ordinis sancti Benedicti, Cabilonensis diocesis, salutem, etc.* Rationi, etc., *usque* incrementa, universitati vestre per apostolica scripta mandamus quatinus predictum Hugonem abbatem debita honorificentia prosequentes ei fidelitatem solitam necnon consueta servitia et iura sibi a vobis debita exigere[1] *(sic)* integre studeatis, alioquin sententiam sive penam quam idem abbas rite tulerit sive statuerit in rebelles ratam habebimus et faciemus auctore Domino usque ad satisfactionem condignam inviolabiliter observari. Datum ut supra. — *In eodem modo, carissimo in Christo filio Johanni regi Francorum illustri, salutem, etc.* Gratie divine premium et preconium humane laudis acquiritur si per seculares principes prelatis ecclesiarum et monasteriorum, et precipue ad Romanam ecclesiam nullo medio pertinentium honor debitus impendatur. Dudum siquidem, etc., *usque* incrementa. Serenitatem tuam cuius regius favor eidem Hugoni abbati ut in exercenda dicti monasterii administratione facilius proficere valeat esse dinoscitur plurimum oportunus, rogamus et hortamur attente quatinus eundem abbatem et commissum sibi monasterium habens pro divina et apostolice sedis reverentia propensius commendata, in ampliandis et conservandis iuribus suis te reddas ipsis favorabilem et in cunctis oportunitatibus gratiosum, ita quod idem abbas tue celsitudinis fultus auxilio in executione commissi sibi monasterii predicti regiminis possit Deo propitio prosperari, ac tibi exinde perennis vite retributio et a nobis condigna proveniat actio gratiarum. Datum ut supra. (A. 155, f. 4 [b].)

Ut s.
T. VIIXII.

2. — *Bernardus*, thesaur. eccl. Toletan., presb., fit ep.us Conchen., post obit. ap. S. A. Garsiae el. Conchen. — I. c. m. capit. et vassallis eccl. Conchen.; clero et populo civit. et di.; archiep.o Toletan.; Petro, regi Castellæ et Legionis. (A. 155, f. 5 [b].)

Ut s.

3. — *Blasius*, O. F. P., presb., fit ep.us eccl. Alerien., ante obit. Joannis ab Innocentio Papa VI disposit. suæ reservatæ; (XIII kal. aug., pontificatus ejusd. a. X). — I. e. m. capit. et vassallis dictæ eccl.; clero et populo civit. et di.; archiep. o Pisan. (A. 155, f. 7 [a].)

1. Lisez : *exhibere.*

Datum *Avenione.*

Ut s.
4. — *Alegrus*, prior priorat. s. Salvatoris Terdonen., O. S. B., subdiac., fit abbas monast. s. Petri de Laudeveteri, ad R. E. nullo medio pertin., dicti ord., Lauden. di., vac. per promotionem Francisci in abb. monast. s. Salvatoris prope Papiam; (kal. apr., pontificatus Innocentii Papæ VI a. X). — I. e. m. conv. ejusd. monast. s. Petri; ep. o Lauden. (*A*. 155, f. 9 [b].)

Ut s.
5. — *Julianus Jacobi*, mon. monast. s. Genesii, O. S. B., Senogalien. di., presb., fit abb. ejusd. monast. vac. per promotionem Martini in abb. monast. s. Laurentii prope Cesenam, dicti ord.; (VI kal. aug., pontificatus Innocentii Papæ VI a. X). — I. e. m. conv. dicti monast. s. Genesii; ep. o Senogalien. (*A*. 155, f. 11 [a].)

Ut s.
Gr.
6. — *Garsias*, prior priorat. s. Petri de Greyano, O. S. B., Burdegalen. di., fit abb. monast. de Vallibus, dicti ord., Xanctonen. di., post translationem Petri ad monast. s. Michaelis de Clusa, dicti ord., Taurinen. di.; (XIII kal. aug., pontificatus Innocentii Papæ VI a. X). — I. e. m. conv. et vassallis dicti monast. de Vallibus; ep. o Xanctonen.; Edwardo regi Angliæ. (*A*. 155, f. 27 [a].)

Ut s.
T. III[xx].
7. — *Dominicus*, prior priorat. S. M. de Rodesolla, de Vicheria, O. S. B., Terdonen. di., fit abb. monast. s. Marini Papien., R. E. immediate subjecti, dict. ord., ante obit. Bernardi disposit. apost. reservati, licet per monachos, reserval. hujusmodi ignorantes, jam fuisset electus; (III kal. apr., pontificatus Innocentii Papæ VI a. X). — I. e. m. conv. ejusd. monast. s. Marini ac abb. Casædei, O. S. B., Claromonten. di., monast. (*A*. 155, f. 31 [a].)

Ut s.
T. III[xviii].
8. — *Andreas*, mon. monast. in Theris, O. S. B., Herbipolen. di., fit abb. ejusd. monast. ad quod per conv. jam el. fuerat, licet ante obit. Eberardi disposit. apost. reservatum fuisset; (XIII kal. aug., pontificatus Innocentii Papæ VI a. X). — I. e. m. conv. ejusd. monast.; Alberto ep. o Herpibolen. (*A*. 155, f. 42 [b].)

Ut s.
T. V[xxiv].
9. — *Octavianus*, ep.us olim Agrigentin., fit archiep. us eccl. Panormitan., ante obit. Arnaldi ab Innocentio Papa VI disposit. suæ reservatæ; (XVII kal. apr., pontificatus ejusd. Papæ a. X). — I. e. m. capit. et suffraganeis dictæ eccl.; clero et populo civit. et di. Panormitan. (*A*. 155, f. 66 [a].)

Ut s.
T. III[xx].
10. — *Danaldus*, can. monast. s. Jacobi Scotorum, extra muros Herbipolen., O. S. B., fit abb. ejusd. monast. ante obit. Philippi ab Innocentio Papa VI disposit. apost. reservati; cassata prius electione ipsius quæ a conventu celebrata et auct. ordinaria confirmata fuit; (X kal. jun., pontificatus ejusd. a. X). — I. e. m. conv. dicti monast.; Alberto ep. o Herbipolen. (*A*. 155, f. 85 [b].)

Ut s.
Gr.
11. — *Hermannus dictus Wolf*, O. F. P., fit ep. us Cisopolitan. post obit. Bertoldi; (X kal. jun., pontificatus Innocentii Papæ VI a. X). (*A*. 155, f. 104 [b].)

Ut s.
T. III[xx].
12. — *Vincentius*, mon. monast. s. Tirsii, O. S. B., Portugalen. di., fit abb. ejusd. monast. ante obit. Laurentii ab Innocentio Papa VI disposit. apost. reservati, irritata ipsius electione quæ contra reservat. apost. a conv. celebrata et auct. ordinaria confirmata fuit; (VIII kal. nov., pontificatus ejusd. a. IX). — I. e. m. conv. dicti monast.; Alphonso ep. o Portugalen. (*A*. 155, f. 105 [a].)

Ut s.
T. III[xx].
13. — *Dynissius*, præp. de Polyez, in monast. Brewnovien. prope Pragam, O. S. B., fit abb. ejusd. monast., ante resignat. Przyedborii per Innocentium P.P. VI disposit. suæ reservati; cassata prius electione ipsius quæ a conv. celebrata et auct. ordinaria confirmata fuit; (VIII id. apr., pontificatus ejusd. a. X). — I. e. m. conv. prædicto; Arnesto archiep. o Pragen. (*A*. 155, f. 114 [b].)

Ut s.
14. — *Nicolaus de Varis*, presb. O. F. M., fit ep. us eccl. Castren., ante obit. Comitæ ab Innocentio disposit. suæ reservatæ, supplic. capit. ejusd. eccl.; (VII kal. sept.,

Datum *Avenione.*

pontificatus ejusd. a. X). — I. e. m. capit. eccl. Castren.; clero civit. et di.; archiep. o Turritan. (I. 155, f. 121 a; *Eubel, Bullarium franciscanum*, tom. VI, nº 831.)

Ut s. T. VIIXX. **15.** — *Petrus*, succentor eccl. Belvacen., leg. doct., subdiaconus Papæ, in presbyteratus ord. constitutus, fit ep.us eccl. Autisiodoren., post obit. Joannis per P.P. disposit. suæ reservatæ. — I. e. m. capit. et vassallis eccl. Autisiodoren.; clero et populo civit. et di.; archiep.o Senonen.; Joanni R. F. (I. 155, f. 122 a.)

Ut s. T. IVXVIII. **16.** — *Jacobus*, abb. monast. S. M. de Balneo, prope muros loci de Neritono, ord s. Basilii, præficitur in archimandritam monast. s. Salvatoris de Lingafari Messanen., ad R. E. nullo medio pertin., dicti ord., ante obit. Theodorici ab Innocentio Papa VI disposit. suæ reservati: (VII kal. sept., pontificatus ejusd. a. X). — I. e. m. conv. et vassallis ejusd. monast. de Lingafari: Joannæ reginæ Siciliæ. (I. 155, f. 122 a.)

Ut s. T. IIIXX. **17.** — *Simon*, cant. monast. Cluniacen., Matisconen. di., fit abb. monast. Ferrarien., R. E. immediate subjecti, O. S. B., Senonen. di., post translationem Simonis ad monast. Cluniacen. prædictum: (VI kal. aug., pontificatus Innocentii Papæ VI a. X). — I. e. m. conv. et vassallis dicti monast. Ferrarien. (I. 155, f. 123 b.)

Ut s. T. IVXXII. **18.** — *Leoncinus de Arimino*, O. F. M., in provincia Romandiolæ hæreticæ pravitatis inquisitor, fit ep. us eccl. Fanen., R. E. immediate subjectæ, ante obit. Lucæ ab Innocentio Papa VI disposit. apost. reservatæ: (VII kal. sept., pontificatus ejusd. a. X). — I. e. m. capit. eccl. Fanen; clero et popula civit. et di. (I. 155, f. 124 a; *Eubel*, op. cit., nº 832.)

Ut s. T. VXVIII. **19.** — *Joannes*, præp. præpositure de Mersen, O. S. B., Leodien. di., fit abb. monast. Rebascen., dicti ord., Melden. di., post translationem Guillelmi ad monast. Casædei, dicti ord., Claromonten. di.; (III kal. apr., pontificatus Innocentii Papæ VI a...). — I. e. m. conv. et vassallis dicti monast. Rebascen.; ep.o Melden.; Joanni R. F. (I. 155, f. 127 b.)

Ut s. T. IIIXX. **20.** — *Joannes*, supprior monast. de Vallibus in Ornesio, Cisterc. ord., Tullen. di., fit abb. ejusd. monast., ante obit. Guillelmi ab Innocentio Papa VI disposit. apost. reservati, cassata prius ipsius electione ignoranter quæ a conv. celebrata, et auct. ordinaria confirmata fuit; (V kal. jul., pontificatus ejusd. a. X). — I. e. m. conv. predicto de Vallibus, et Nicolao abb. de Cripta, dicti ord., Lugdunen. di. monast. (I. 155, f. 158 b.)

Ut s. T. IIXVIII. **21.** — *Philippus*, prior priorat. de Capellahermerii, O. S. A., Lucionen. di., fit abb. monast. de Angliis, eorund. ord. et di., ante obit. Petri ab Innocentio Papa VI disposit. apost. reservati; cassata prius ipsius electione ignoranter quæ a conv. celebrata et a Guillelmo ep.o Lucionen. confirmata fuit; (XV kal. apr. pontificatus, ejusd. a. X). — I. e. m. conv. et ep. o prædictis. (I. 155, f. 207 a.)

Ut s. T. VIIXXIV. **22.** — *Geraldus*, decanus eccl. Corkagen., fit ep. us ejusd. eccl., ante obit. Joannis ab Innocentio Papa VI disposit. apost. reservatæ: cassata prius ipsius electione a capit. ignoranter celebrata: (XIX kal. febr., pontificatus ejusd. av. VIII). — I. e. m. capit. et vassallis eccl. Corkagen.; clero et populo civit. et di.; Thomæ archiep. o Cassellen.; Edwardo regi Angliæ. (I. 155, f. 223 b.)

13 (id. nov.) 1362. Gr. pro Deo. **23.** — *Garsias*, mon. et cellerarius monast. de Saltunovali, Cisterc. ord., Legionen. di., fit abb. monast. de Spina, dicti ord., Palentin. di., ante resignationem Alphonsi per P. P. disposit. suæ reservati: cassata prius ipsius electione quæ ignoranter a conv. celebrata, et auct. ordinaria confirmata fuit. — I. e. m. conv. ejusd. monast. de Spina. (I. 155, f. 215 b.)

Datum *Avenione*.

24 nov. (VIII kal. dec.) T. VII^{XX}.

24. — *Pontius*, abb. monast. s. Antonii de Lesato, Cluniac. ord., Riven. di., fit ep.us eccl. Conseranen., post obit. Berengarii, S. A. vacante defuncti, per P. P. disposit. suæ reservatæ. — L. e. m. capit. et vassallis eccl. Conseranen.; clero et populo civit. et di.; archiep.o Auxitan.; Joanni R. F. (*A.* 155. f. 12^{b}.)

Ut s. T. III^{XVIII}.

25. — *Joannes*, prior priorat. s. Nicolai de Spina, a monast. s. Petri Perusin. dependentis, O. S. B., Perusin. di., fit abb. monast. s. Archangeli supra Lacum, eorumd. ord. et di., vac. per translationem Copuli ad dictum monast. s. Petri, hodie per P. P. factam. — L. e. m. conv. dicti monast. s. Archangeli, et abb. monast. S. M. de Farnete, O. S. B., Cortonen. di. (*A.* 155. f. 18^{a}.)

Ut s. T. II^{XVIII}.

26. — *Copulus*, abb. monast. s. Archangeli supra Lacum, O. S. B., Perusin. di., præficitur in abb. monast. s. Petri Perusin., dicti ord., R. E. immediate subjecti, ante obit. Hugolini ab Innocentio Papa VI disposit. S. A. reservati. — L. e. m. conv. dicti monast. s. Petri. (*A.* 155. f. 19^{a}.)

28 nov. (IV kal. dec.) T. III^{XVI}.

27. — *Galhardus*, prior priorat. de Milglosio, O. S. A., Appamiar. di., baccal. in decr., in sacerdotio constitutus, fit abb. monast. B. M. de Sabblonceliis, dicti ord., Xanctonen. di., post obit. Petri per P. P. disposit. suæ reservati. — L. e. m. conv. ejusd. monast.; ep.o Xanctonen. (*A.* 155. f. 4^{a}.)

Ut s. T. IV^{XX}.

28. — *Guillelmus*, prior priorat. s. Ilarii de Vitulo, O. S. B., Pictaven. di., D. D., fit abb. monast. s. Maxentii, ord. et di. prædictorum, ante obit. Guillelmi ab Innocentio Papa VI disposit. apost. reservati, licet monachi, hujusmodi reservat. ignorantes, primum quondam Joannem Tonsalon, priorem priorat. de Asayo, eorumd. ord. et di., et deinde ipsum Guillelmum nulliter in abb. elegerint. — L. e. m. conv. et vassallis ejusd. monast.; ep. o Pictaven. (*A.* 155. f. 6^{a}.)

Ut s. T. VI^{XXII}.

29. — *Evenus Begaynon*, presb. O. F. P., Papæ pœnitentiarius, fit ep. us eccl. Trecoren., ante obit. Alani ab Innocentio Papa VI disposit. apost. reservatæ. — L. e. m. capit. et vassallis dictæ eccl.; clero et populo civit. et di.; archiep.o Turonen.; Carolo duci Britanniæ. (*A.* 155. f. 8^{a}.)

Ut s. T. VI^{XX}.

30. — *Michael*, ep.us Vachien. transfertur ad eccl. Agrien., ante obit. Nicolai ab Innocentio Papa VI disposit. suæ reservatæ. — L. e. m. capit. dictæ eccl.; clero et populo civit. et di.; archiep.o Strigonien.; Ludovico regi Ungariæ. (*A.* 155. f. 24^{a}.)

Ut s. T. III^{XVI}.

31. — *Berengarius*, abb. monast. Arularum, Cluniacen. ord., Elnen. di., fit abb. monast. de Lesato, ad R. E. nullo medio pertin., dicti ord., Riven. di., post promotionem Pontii ad episcopat. Conseranen. — L. e. m. conv. et vassallis dicti monast. de Lesato. (*A.* 155. f. 126^{a}.)

Ut s. T. IV^{XVIII}.

32. — *Guido*.... monast. Cluniacen... fit abb. monast. s. Joannis Reomen., O. S. B., Lingonen. di., vac. per translationem Stephani ad monast. s. Germani Autisiodoren., dicti ord. — L. e. m. conv. et vassallis ejusd. monast. s. Joannis; ep. o Lingonen. (*A.* 155. f. 127^{b}.)

2 (IV non.) *dec.* T. IV^{XVIII}.

33. — *Guillermus*, abb. monast. s. Petri de Insula, O. S. A., Burdegalen. di., fit abb. monast. s. Romani de Blavia, ord. et di. prædictorum, post obit. Guillelmi, S. A. vacante defuncti, per P. P. disposit. suæ reservati. — L. e. m. conv. et vassallis ejusd. monast. de Blavia; archiep.o Burdegalen. (*A.* 155. f. 8^{b}.)

Ut s.

34. — *Stephanus*, mon. monast. Aquæbellæ, Cisterc. ord., Tricastrin. di., licent. in decr., fit abb. monast. de Floregia, alias dicto de Thoraneto, dicti ord., Forojulien. di., vac. per obit. ap. S. A. Bertrandi. — L. e. m. conv. ejusd. de Floregia, et abb. de Mansiadæ, dicti ord., Anicien. di., monast. (*A.* 155. f. 124^{b}.)

Datum *Avenione*.

Ut s. T. IIIXVIII.

35. — *Petrus*, abb. monast. s. Genesii de Fontanis, O. S. B., Elnen. di., fit abb. monast. Arularum, Cluniacen. ord., dictæ di., post translationem Berengarii ad monast. s. Antonii Lesaten., ejusd. ord., Conseranen. di. — I. e. m. conv. dicti monast. Arularum; Petro regi Aragonum. (*A*. 155, f. 126 b.)

Ut s. T. IIXVIII.

36. — *Petrus*, abb. monast. s. Modesti Beneventan., O. S. B., fit abb. monast. s. Laurentii Aversan., ad R. E. nullo medio pertin., dicti ord., vac. per promotionem Hugonis ad archiepiscopat. Beneventan. — I. e. m. conv. et vassallis dicti monast. s. Laurentii. (*A*. 155, f. 129 a.)

Ut s. T. IIIXVIII.

37. — *Arnaldus de Torono*, mon. monast. s. Pauli extra muros Barchinonen., O. S. B., fit abb. monast. s. Genesii de Fontanis, dicti ord., Elnen. di., post translationem Petri ad monast. Arularum, Cluniac. ord., dictæ di. — I. e. m. conv. dicti monast. s. Genesii; ep. o Elnen. (*A*. 155, f. 129 b.)

Ut s.

38. — *Guillelmus*, abb. monast. s. Petri de Insula, O. S. A., Burdegalen. di., fit abb. monast. s. Romani de Blavia, eorumd. ord. et di., ante obit. Guillelmi ab Innocentio Papa VI disposit. apost. reservati. — I. e. m. conv. et vassallis ejusd. monast. s. Romani; archiep. o Burdegalen. (*A*. 155, f. 132 a.)

5 (non.) dec. T. IVXX.

39. — *Andreas*, prior priorat. de Frontenayo, O. S. B., Xanctonen. di., fit abb. monast. de Nobiliaco, dicti ord., Pictaven. di., ante obit. Guillelmi per Innocentium P. P. VI disposit. suæ reservati, licet can. contra hujusmodi reservat. dictum Andream ignoranter elegerint. — I. e. m. conv. et vassallis ejusd. monast.; ep. o Pictaven.; Edwardo regi Angliæ. (*A*. 155, f. 11 b.)

Ut s.

40. — *Raimundus*, decanus monast. s. Ægidii, O. S. B., Nemausen. di., D. D., presb., fit abb. monast. Psalmodien., ad R. E. nullo medio pertin., eorumd. ord. et di., vac. per promotionem Gaucelini ad episcopat. Nemausen. — I. e. m. conv. et vassallis ejusd. monast. Psalmodien.; Joanni R. F. (*A*. 155, f. 13 b.)

Ut s. T. VXX.

41. — *Theobaldus*, prior priorat. de Accayn, O. S. A., Pictaven. di., fit abb. monast. Aureævallis, dicti ord., Malleacen. di., ante obit. Hugonis ab Innocentio Papa VI disposit. suæ reservati; cassata prius electione ejusd. Theobaldi a conv. ignoranter celebrata. — I. e. m. conv. et vassallis ejusd. monast.; ep. o Malleacen.; Edwardo regi Angliæ. (*A*. 155, f. 125 a.)

Ut s. T. XVI.

42. — *Odo*, mon. monast. s. Justinæ de Sezadio ad R. E. nullo medio pertin., O. S. B., Aquen. di., fit abb. ejusd. monast., ante obit. Gilberti ab Innocentio Papa VI disposit. apost. reservati; cassata prius ipsius electione a conv. ignoranter celebrata. — I. e. m. conv. ejusd. monast. (*A*. 155, f. 158 a.)

12 (ii id.) dec. T. XXXVI.

43. — *Guillelmus*, ep.us olim archiep.us Messanen. præficitur in archiep.um eccl. Montisregalis, post obit. Manuelis, A. S. vacante defuncti, per P. P. disposit. suæ reservatæ. — I. e. m. capit. et suffraganeis dictæ eccl.; clero et populo civit. et di. (*A*. 155, f. 15 b.)

Ut s. T. XX.

44. — *Mathæus*, prior priorat. de Valenceyo, O. S. B., Bituricen. di., licent. in decr., fit abb. monast. B. M. de Pontelevio, dicti ord., Carnoten. di., ante obit. Guidonis ab Innocentio Papa VI disposit. suæ reservati, licet monachi eumd. Mathæum contra reservat. apost. in abb. elegerint. — I. e. m. conv. et vassallis ejusd. monast.; ep. o Carnoten.; Joanni R. F. (*A*. 155, f. 28 a.)

Ut s.

45. — *Anglicus*, prior priorat. s. Petri Dien., O. S. A., fit ep. us eccl. Avenionen., vac. per translationem Joannis ad eccl. Mirapiscen., a Clemente Papa VI facta, cui quidem eccl. nec ipse nec Innocentius Papa VI, licet eam disposit. apost. reservas

Datum *Avenione.*

sent. proviserunt. — I. e. m. capit. et vassallis eccl. Avenionen.; clero et populo civit et di.; archiep. o Arelaten. (*A*. 155. f. 46 ^{b}.)

13 (id.) dec. T. XX. — **46**. — *Ad futuram rei memoriam.* Annotantur litteræ Clementis Papæ VI de electione X kal. apr., pontificatus sui a. X facta de Jacobo de Condro in abb. monast. S. M. de Scalis. ord. s. Basilii. Cathanien. di., cum originales sint amissæ. (*A*. 155. f. 10 ^{a}.)

14 dec. (xix kal. jan.) T. VII^{XXVI}. — **47**. — *Nicolaus*, ep.us olim Melfien. fit archiep.us eccl. Cusentin., ante obit. Petri per P. P. disposit. suæ reservatæ. — I. e. m. capit., vassallis et suffraganeis dictæ eccl.; clero et populo civit. et di. Cusentin.; Joannæ reginæ Siciliæ. (*A*. 155. f. 131 ^{b}.)

15 dec. (xviii kal. jan. T. XVII. — **48**. — *Ad futuram rei mem.* Annotantur litteræ Innocentii Papæ VI. Joanni R. F. directæ super electione Gaucelini ep. i Nemausen., VII kal. dec. anno X. quia originales casualiter sunt amissæ. (*A*. 155. f. 10 ^{b}.)

19 dec. (xiv kal. jan.) — **49**. — *Raimundus*, archipr. eccl. Pictaven., presb., u. j. professor. fit ep.us ejusd. eccl. ante obit. Joannis per Innocentium P. P. VI disposit. suæ reservatæ. licet jam el. a can., reservat. hujusmodi ignorantibus. — I. e. m. capit. et vassallis dictæ eccl.; clero et populo civit. et di.; archiep. o Burdegalen.; Edwardo regi Angliæ. (*A*. 155, f. 14 ^{b}.)

Ut s. T. II^{XVIII}. — **50**. — *Amelius*, prior priorat. s. Galteri. O. S. A., Bituricen. di., fit abb. monast. s. Petri Stirpen., dicti ord., Lemovicen. di., ante obit. Guillelmi per Innocentium P. P. VI disposit. suæ reservati. licet monachi hujusmodi forsan reserval. ignari, ipsum Amelium nulliter elegerint. — I. e. m. conv. dicti monast. et ep. o Lemovicen. (*A*. 155, f. 17 ^{b}.)

Ut s. T. V^{XX}. — **51**. — *Vitalis*, mag. generalis fratrum servorum B. M., O. S. A., fit ep. us eccl. Esculan., R. E. immediate subjectæ, post translationem Henrici ad eccl. Brixien. — I. e. m. capit. et vassallis eccl. Esculan.; clero et populo civit. et di. (*A*. 155, f. 25 ^{b}.)

Ut s. T. III^{XVIII}. — **52**. — *Matheus*, prior priorat. de Coluvero, O. S. B., Cenomanen. di., fit abb. monast. s. Petri de Cultura Cenomanen., dicti ord., ante obit. Joannis ab Innocentio Papa VI disposit. apost. reservati. licet jam electus fuerit a monachis., hujusmodi reservat. ignorantibus. — I. e. m. eid. conv. et ep.o Cenomanen. (*A* 155. f. 29 ^{a}.)

Ut s. T. IV^{XVI}. — **53**. — *Anellus*. abb. monast. s. Petri de Crapola, O. S. B., Surrentin. di., fit abb. monast. s. Sebastiani Neapolitan., dicti ord., post translationem Petri ad monast. s. Sophiæ Beneventan., ejusd. ord. — I. e. m. conv. dicti monast. s. Sebastiani, archiep. o Neapolitan., Joannæ reginæ Siciliæ. (*A*. 155. f. 30 ^{b}.)

Ut s. T. VI^{XXII}. — **54**. — *Henricus*. ep. us Esculan. transfertur ad eccl. Brixien., ante obit. Raimundi ab Innocentio Papa VI disposit. suæ reservatam. — I. e. m. capit. et vassallis dictæ eccl.; clero et populo civit. et di. Brixien.; archiep. o Mediolanen. (*A*. 155. f. 117 ^{b}.)

Ut s. T. V^{XX}. — **55**. — *Angelus*.... præficitur in ep. um eccl. Ariminen., ante obit. Andreæ ab Innocentio Papa VI disposit. apost. reservatæ. — I. e. m. capit. et vassallis eccl. Ariminen.; clero et populo civit. et di. (*A*. 155. f. 130 ^{a}.)

23 dec. (x kal. jan.) — **56**. — *Joannes Ferrerii*, presb., O. F. M., fit ep. us eccl. Terracinen., R. E. immediate subjectæ. ante obit. Jacobi ab Innocentio Papa VI disposit. suæ reservatæ. licet id. Joannes jam fuisset nulliter el. a can., reservationem forsan ignorantibus. — I. e. m. capit. dictæ eccl.; clero et populo civit. et di. (*A*. 155, f. 21 ^{a}; *Eubel. op. cit.*, n. 840.)

Ut s. T. II^{XVI}. — **57**. — *Guillelmus*, prior priorat... in Insula, O. S. B., Lingonen. di., fit abb. monast. de Besna. eorumd. ord. et di., post translationem Henrici ad monast. de Lutra. dicti ord., Bisuntin. di. — I. e. m. conv. ejusd. monast. de Besna. (*A*. 155. f. 22 ^{b}.)

Datum *Avenione.*

Ut s. T. VIXX.

58. — *Alexander*, archid. eccl. Moravien., D. D., fit ep. us ejusd. eccl., post obit. Joannis per P. P. disposit. suæ reservatæ. — I. e. m. capit. et vassallis dictæ eccl.; clero et populo civit. et di.; David regi Daciæ. (*A.* 155, f. 23^{a}.)

Ut s. T. VXVI.

59. — *Hugo*, prior priorat. de Alayraco, Cluniac. ord., Condomien. di., fit abb. monast. Silvæmajoris, O. S. B., Burdegalen. di., ante obit. Guidonis ab Innocentio Papa VI disposit. apost. reservati. — I. e. m. conv. et vassallis ejusd. monast.; archiep. o Burdegalen.; Edwardo regi Angliæ. (*A.* 155, f. 133^{a}.)

28 dec. (v kal. jan.) T. VXVI.

60. — *Petrus*, prior priorat. de Bussello, O. S. B., Malleacen. di., licent. in decr., fit abb. monast. s. Petri de Burgolio in Valleya, dicti ord., Andegaven. di., post obit. Jancellini, S. A. vac. defuncti, per P. P. disposit. suæ reservati. — I. e. m. conv. et vassallis ejusd. monast.; ep. o Andegaven.; Joanni R. F. (*A.* 155, f. 140^{b}.)

... kal. jan. *1362*. T. IIXVIII.

61. — *Henricus*, abb. monast. Besnen., O. S. B., Lingonen. di., transfertur ad monast. de Lutra, ad R. E. nullo medio pertin., dicti ord., Bisuntin. di., ante obit. Ottonis ab Innocentio Papa VI disposit. apost. reservati; cassata prius ipsius electione a conv. ignoranter celebrata. — I. e. m. conv. ejusd. monast. de Lutra. (*A.* 155, f. 130^{b}.)

9 (id.) *jan. 1363.* T. VIIXXVI.

62. — *Petrus*, ep.us olim archiep.us Viennen., præficitur in archiep.um eccl. Neapolitan. post obit. Bertrandi per P. P. disposit. suæ reservatæ. — I. e. m. capit., vassallis et suffraganeis dictæ eccl.; clero et populo civit. et di.; Joannæ reginæ Siciliæ. (*A.* 155, f. 16^{a}.)

16 jan. (xvii kal. febr.) *1363.* T. IIXVIII.

63. — *Jacobus*, abb. monast. s. Petri de Puteolis, Camaldulen. ord., Lucan. di., fit abb. monast. s. Michaelis in burgo Pisan., dicti ord., supplic. ipsius conventu, ante obit. Gualterii ab Innocentio Papa VI disposit. apost. reservati. — I. e. m. conv. ejusd. monast. s. Michaelis. (*A.* 155, f. 22^{a}.)

Ut s. T. IIIXVI.

64. — *Margarita*, monialis et eleemosynaria monast. B. M. Xanctonen., O. S. B., ad R. E. nullo medio pertin., electa in abbatissam ipsius monast. post obit. Aelidis abbatissæ, et Mariæ de Monteguidone electæ, confirmatur. — I. e. m. conv. et vassallis ejusd. monast. (*A.* 155, f. 26^{a}.)

Ut s. T. VIIXII.

65. — *Radulphus*.... licent. in leg., fit ep.us eccl. Redonen., ante obit. Petri ab Innocentio Papa VI disposit. apost. reservatæ; cassata prius ipsius electione a capit. ignoranter celebrata. — I. e. m. capit. et vassallis eccl. Redonen; clero et populo civit. et di.; archiep. o Turonen.; Carolo duci Britanniæ. (*A.* 155, f. 128^{a}.)

Ut s. T. IVXVI.

66. — *Petrus*, abb. monast. s. Theoderici, O. S. B., Remen. di., fit abb. monast. s. Remigii Remen., dicti ord., ante obit. Joannis per P. P. disposit. suæ reservati. — I. e. m. conv. et vassallis ejusd. monast. s. Remigii; archiep.o Remen. (*A.* 155, f. 132^{b}.)

18 jan. (xv kal. febr.) *1363.* T. VXX.

67. — *Odo*, sacrista eccl. Aduren., presb., fit ep.us eccl. Lascurren., post obit. Raimundi el. Lascurren. per P. P. disposit. suæ reservatæ. — I. e. m. capit. et vassallis eccl. Lascurren.; clero et populo civit. et di.; archiep. o Auxitan. (*A.* 155, f. 17^{a}.)

Ut s. T. VIIXXII.

68. — *Joannes*, ep. us. Lomberien. transfertur ad eccl. Aquen., post obit. Bernardi, el. Aquen., per P. P. disposit. suæ reservatam. — I. e. m. capit., vassallis dictæ eccl.; clero et populo civit. et di.; archiep. o Auxitan.; Edwardo regi Angliæ. (*A.* 155, f. 19^{b}.)

Ut s. T. VXX.

69. — *Guillelmus*, archid. s. Antonini in eccl. Ruthenen., licent. in leg., Papæ cap. et palatii apost. causarum auditor, fit ep.us eccl. Lomberien. post translationem Joannis ad eccl. Aquen. — I. e. m. capit., vassallis eccl. Lomberien.; clero et populo civit. et di; archiep. o Tolosan.; Joanni R. F. (*A.* 155, f. 20^{b}.)

Datum *Avenione.*

Ut s.
T. II XVI.

70. — *Franciscus*, abb. monast. s. Nicolai in Trontino, O. S. B., Apruntin. di., fit abb. monast. s. Modesti Beneventan., ad R. E. nullo medio pertin., dicti ord., post translationem Petri ad monast. s. Laurentii Aversan., ejusd. ord. — I. e. m. conv. ejusd. monast. s. Modesti. (A. 155, f. 25 b.)

Ut s.
Gr.

71. — *Jordanus*, prior Pacten. et Lipparien. eccl. invicem unitarum, O. S. B., fit abb. monast. s. Joannis de Heremitis Panormitan., dicti ord., ante obit. Francisci ab Innocentio Papa VI disposit. apost. reservati. — I. e. m. conv. et vassallis ejusd. monast.; archiep.o Panormitan. (A. 155, f. 29 b.)

Ut s.
T. III XVIII.

72. — *Honestus de Herris*, mon. monast. s. Laurentii prope Cesenato, O. S. B., fit abb. monast. s. Rophilli Foropopulien., dicti ord., cujus regimine Ægidius ep. us Sabinen., in partibus illis A. S. legatus, Joannem privavit, dictum monast. auct. Innocentii Papæ VI Roberto ep.o Foropopulien. commendans. — I. e. m. conv. ejusd. monast. s. Rophilli; ep. o. Foropopulien. (A. 155, f. 133 b.)

Ut s.

73. — *Guillelmus*, prior priorat. de Lalaudec, O. S. A., Dolen. di., fit abb. monast. B. M. de Belloloco, dicti ord., Maclovien. di., vac. per resignat. Joannis, ap. S. A. factam. — I. e. m. conv. ejusd. monast.; ep. o Maclovien. (A. 155, f. 137 b.)

2 (IV non.) *febr.*
T. II XVI.

74. — *Petrus de Moncrilio*, can. et præceptor monast. b. b. apostolorum Petri et Pauli de Ferrania, per præp. soliti gub., R. E. immediate subjecti, O. S. A., Alben. di., præficitur in præp. ejusd. monast., cum viribus non subsistat ipsius electio de mand. conv. facta a Joanne de Ribalia ejusd. monast. can., qui eumd. Petrum elegit in postulandum et postulavit in eligendum. — I. e. m. conv. ejusd. monast. (A. 155, f. 168 a.)

10 (IV id.) *febr.*
T. III XVI.

75. — *Albericus de Porta*, mon. monast. s. Theoderici, O. S. B., Remen. di., fit abb. ejusd. monast. post translationem Petri ad abbatiam monast. s. Remigii Remen., dicti ord. — I. e. m. conv. dicti monast. s. Theoderici; archiep. o Remen. (A. 155, f. 37 b.)

Ut s.
T. II XVI.

76. — *Joannes*, prior priorat. s. Simpliciani Eduen., O. S. A., fit abb. monast. s. Pauli Bisuntin., dicti ord., ante obit. Henrici ab Innocentio Papa VI disposit. suæ reservati. — I. e. m. conv. ejusd. monast. (A. 155, f. 137 a.)

Ut s.
T. VI XX.

77. — *Joannes de Suedis*, can. Veronen., clericali duntaxat caractere insignitus, fit ep. us eccl. Vicentin., ante obit. Ægidii ab Innocentio Papa VI disposit. apost. reservatæ. — I. e. m. capit. et vassallis eccl. Vicentin.; clero et populo civit. et di., patriarchæ Aquilegen. (A. 155, f. 141 a.)

Ut s.
T. III XVI.

78. — *Gaufridus*, prior claustralis monast. montis s. Michaelis in periculo maris, O. S. B., Abrincen. di., licent. in j. can., fit abb. ejusd. monast. post obit. Nicolai per P. P. disposit. suæ reservati; cassata prius ipsius electione a conv. ignoranter celebrata, et auct. ordinaria confirmata. — I. e. m. conv. et vassallis ejusd. monast.; ep. o Abrincen. (A. 155, f. 148 a.)

16 *febr.* (XIV. kal. mart.) (?)
T. XXVI.

79. — *Ægidio*, ep. o Sabinen., A. S. Legato, mand. ut aliquam pers. idoneam præficiat in abb. monast. s. Fidelis de Puppio, ord. Vallisumbrosæ, Aretin. di., ante obit. Jeronimi ab Innocentio Papa VI disposit. apost. reservati, cui id. Papa de Bartholo, mon. monast. Vallisumbrosæ, dictæ di., per suas litt. eid. legato directas provideri mandaverat; quibus litt. dicto legato adhuc non præsentatis, prælatus Innocentius obiit, et Urbanus Papa V eumd. Bartholum in abb. monast. s. Bartholomæi de Ripolis dicti ord., Florentin. di., præfecit. (A. 155, f. 139 b.)

Ut s. (?)
T. II XVI.

80. — *Ricardus de sancto Megna*, mon. monast. s. Benedicti Salernitan., O. S. B., fit abb. monast. S. M. de Ilice, ad R. E. nullo medio pertin., dicti ord., Consan. di.,

Datum *Avenione*.

post obit. Philippi. S. A. vacante defuncti, per P. P. disposit. suæ reservati. — I. e. m. conv. ejusd. monast. S. M. (*A.* 155, f. 144 [b].)

17 febr. (xiii kal. mart.): T. V XXIV.

81. — *Thoma*, can. eccl. Dublinen. præficitur in archiep.um ejusd. eccl. ante obit. Joannis archiep. i ab Innocentio Papa VI disposit. apost. reservatæ, cassata prius electione ejusd. Thomæ per capit. ignoranter celebrata. — I. e. m. capit., vassallis et suffraganeis dictæ eccl.; clero et populo civit. et di. Dublinen.; Edwardo, regi Angliæ. (*A.* 155, f. 40 [b].)

Ut s. T. IV XVI.

82. — *Joannes*, cancellarius monast. s. Genovefæ Parisien., R. E. immediate subjecti, O. S. A., D. D., subdiaconus, fit abb. ejusd. monast., ante obit. Joannis per P. P. disposit. suæ reservati. — I. e. m. conv. et vassallis ejusd. monast.; Joanni R. F. (*A.* 155, f. 134 [a].)

Ut s. T. III XVI.

83. — *Lambertus*, rector paroch. eccl. de Grini, Remen. di., consuetæ per can. monast. s. Dionysii Remen., O. S. A., cujus can. est, gub., fit abb. ejusd. monast., ante obit. Joannis per P. P. disposit. suæ reservati, cassata prius ipsius electione per conv. ignoranter celebrata. — I. e. m. conv. ejusd. monast.; archiep. o Remen. (*A.* 155, f. 147 [a].)

Ut s. T. V XX.

84. — *Georgius de Molino*, can. eccl. Coronen., D. D., fit ep. us ejusd. eccl., post translationem Petri ad archiepiscopat. Creten. — I. e. m. capit. et vassallis eccl. Coronen. populo civit. et di.; archiep. o Patracen. (*A.* 155, f. 155[a].)

20 febr. (x kal. mart.) T. II XVI.

85. — *Miniatus Vannis*, mon. monast. s. Salvii prope Florentiam, ad R. E. nullo medio pertin., ord. Vallisumbrosæ, fit. abb. ejusd. monast. ante obit. Joannis ab Innocentio Papa VI disposit. apost. reservati. — I. e. m. conv. ejusd. monast. (*A.* 155, f. 31 [b].)

Ut s.

86. — *Arnoldus*, prior priorat. de Sigiaco, O. S. B., Rothomagen. di., fit abb. monast. s. Audoeni Rothomagen., dicti ord., vac. per resignat. Reginaldi de Quesneto, ap. S. A. factam. — I. e. m. conv. dicti monast.; archiep. o Rothomagen. (*A.* 155, f. 32 [a].)

Ut s. T. II XVI.

87. — *Nicolaus*, prior provincialis fratrum servorum B. M. provinciæ Venetiarum, O. S. A., fit prior generalis eorumd. fratr., post promotionem Vitalis ad episcopat. Esculan. — I. e. m. universis prioribus provincialibus et conventualibus cæterisque fratribus servorum S. M., O. S. A. (*A.* 155, f. 34 [b].)

Ut s. T. III XVIII.

88. — *Thomassius de Pazaranis*, mon. monast. de Vertemate, Cluniac. ord., Cuman. di., fit abb. monast. s. Juliani extra muros Cuman., O. S. B., ante obit. Pagani ab Innocentio Papa VI disposit. apost. reservati. — I. e. m. conv. monast. s. Juliani prædicti; ep. o Cuman. (*A.* 155, f. 35 [a].)

Ut s. T. VII XX.

89. — *Thomas*, archid. eccl. Ferren., in diaconatus ord. constitutus fit ep. us ejusd. eccl. ad quam jam electus fuerat a capit. licet ipsam Papa ante obit. Willelmi disposit. suæ reservasset. — I. e. m. capit., vassallis eccl. Ferven.; clero et populo civit. et di.; archiep. o Dublinen.; Edwardo regi Angliæ. (*A.* 155, f. 36 [b].)

Ut s. T. III XVIII.

90. — *Agnes de Latture*, monialis monast. s. Mauritii Mediolanen., O. S. B., in abbatissam ejusd. monast. post obit. Franciscæ per formam scrutinii a conventu electa, confirmatur. — I. e. m. conv. ejusd. monast.; archiep. o Mediolanen. (*A.* 155, f. 96 [b].)

Ut s. T. V XX.

91. — *Ludovicus*, O. F. M., fit ep. us eccl. Brugnaten., ante obit. Tropeti per P. P. disposit. suæ reservatæ, cassata prius ipsius postulatione a capit. facta. — I. e. m. capit. eccl. Brugnaten.; clero et populo civit. et di.; archiep. o Januen. (*A.* 155, f. 143[a]. *Eubel op. cit* n. 853.)

Datum *Avenione*.

Ut s. T. III^{XVI}.

92. — *Guillelmus*, prior piorat. s. Martin. de Pessaco, O. S. A., Claromonten. di., fit abb. monast. s. Amabilis de Riomo, ord. et di. prædictorum, ante obit. Gastonis ab Innocentio Papa VI disposit. apost. reservati. — I. e. m. conv. ejusd. monast.: ep. o Claromonten. (*A*. 155, f. 146^{a}.)

Ut s. T. V^{XVI}.

93. — *Nicolaus*, mon, et elemosinarius monast. s. Martini de Troarno, O. S. B., Bajocen. di., fit abb. ejusd. monast., ante obit. Gaufridi ab Innocentio Papa VI disposit. apost. reservati; cassata prius ipsius electione ignoranter a conventu celebrata et a Ludovico ep. o Bajocen. confirmata. — I. e. m. conv. et vassallis ejusd. monast.; ep. o Bajocen.; Joanni R. F. (*A*. 155, f. 156^{b}.)

Ut s. T. V^{XX}.

94. — *Joannes*, thesaur. eccl. Leghlinen., fit... ep. us ejusd. eccl., ante obit. Willelmi ab Innocentio Papa VI disposit. apost. reservatæ, cassata prius ipsius electione a capit. ignoranter celebrata. — I. e. m. capit. eccl. Leghlinen.; clero civit. et di., archiep. o Dublinen.; Edwardo regi Angliæ. (*A*. 155, f. 183^{a}.)

Ut s. T. III^{XVIII}.

95. — *Joannes de Ulcheyo*, can. monast. Vallissecretæ. Præmonstraten. ord., Suessionen. di., fit abb. ejusd. monast., ante obit. Balduini ab Innocentio Papa VI disposit. apost. reservati. — I. e. m. conv. prædicto et abb. Præmonstraten., Laudunen. di., monast. (*A*. 155, f. 222^{b}.)

21 febr. (IX kal. mart.) T. II^{XVI}.

96. — *Alphonsus Stephani*, rector. prior nuncupatus, paroch. eccl. s. Salvatoris de Petrosino, Portugalen. di., per canonicos monast. s. Salvatoris de Ecclesiola, cujus can. existit, O. S. A., dictæ di., in priorem ejusd. monast., per priorem soliti gub., ad R. E. nullo medio pertin., per priorem claustralem et conv. electus, post obit. Dominici Bartholomæi, confirmatur. — I. e. m. priori claustrali et conv. prædictis. (*A*. 155, f. 156^{a}.)

25 febr. (V kal. mart.) T. III^{XVI}.

97. — *Petrus*, celerarius monast. de Firmitate, super Gronam, Cisterc. ord., Cabilonen. di., fit abb. ejusd. monast. vac. per resignat. Durandi ap. S. A. factam. — I. e. m. conv. ejusd. et abb. Cistercen., Lingonen. di., monast. (*A*. 155, f. 39^{a})

Ut s. T. III^{XVI}.

98. — *Petrus*, camerarius monast. de Columbis, O. S. B., Carnoten. di., fit abb. monast. S. M. de Loulay, dicti ord., Cenomanen. di., ante obit. Joannis ab Innocentio Papa VI disposit. apost. reservati. — I. e. m. conv. dicti monast.; ep. o Cenomanen. (*A*. 155, f. 47^{b}.)

Ut s.

99. — *Helia*, can. eccl. Engolismen., fit ep. us ejusd. eccl., post obit. Ayquelini, S. A. vacante defuncti, per P. P. disposit. suæ reservatæ. — I. e. m. capit. et vassallis eccl. Engolismen.; clero et populo civit. et di.; archiep. o Burdegalen; Edwardo regi Angliæ. (*A*. 155, f. 138^{b}.)

Ut s. T. V^{XX}.

100. — *Barnabas*, can. eccl. Lunen., fit ep. us ejusd. eccl., ad R. E. nullo medio pertin., ante obit. Gabrielis ab Innocentio Papa VI disposit. apost. reservatæ, cassata ipsius electione per capit. ignoranter celebrata. — I. e. m. capit. et vassallis eccl. Lunen.; clero et populo civit. et di. (*A*. 155, f. 139^{a}.)

Ut s. T. XXIV.

101. — *Ep. o Cremonen.* mand. ut, si canonice celebratam invenerit, confirmet electionem Franceschinæ de Rechevasto, monialis monast. s. s. Cosmæ et Damiani Brixien., O. S. B., in abbatissam monast. s. Juliæ Brixien., R. E. immediate subjecti, dicti ord., post obit. Armelinæ per conv. celebratam. (*A*. 155, f. 151^{a}.)

Ut s. Gr. pro Deo.

102. — *Joannes*, prior priorat. de Barbara, O. S. B., Senogalien. di., fit abb. monast. s. Savini, dicti ord., Æsin. di., post obit. Joannis per P. P. disposit. suæ reservati; supplic. Nicolao ep. o Æsin. — I. e. m. conv. ejusd. monast. et ep. o prædictis (*A*. 155, f. 205^{a}.)

Datum *Avenione.*

... id. (?) *febr.* a. primo. T. VIIXX.

103. — *Philippus Rufini de Roma*, O. F. P., fit ep.us eccl. Iserniem., ante obit. Christophori el. Iserniem. per P.P. disposit. suæ reservatæ. — I. e. m. capit. et vassallis eccl. Iserniem., clero et populo civit. et di.; Joannæ reginæ Siciliæ; archiep. o Capuan. (A. 155, f. 135 b.)

IV... febr. a. primo. T. IVXVI.

104. — *Raimundus*, camerarius monast. Crassen., ad R. E. nullo medio pertin., O. S. B., Carcassonen. di., baccal. in decr., fit abb. ejusd. monast., ante obit. Heliæ per P. P. disposit. apost. reservati; cassata prius ipsius electione a conv. ignoranter celebrata. — I. e. m. conv. et vassallis ejusd. monast.; Joanni R. F. (A. 155, f. 135 a.)

... febr. a. primo. T. VIIXX.

105. — *Joannes*..... fit ep. us Vachien., post translationem Michaelis ad episcopat. Agrien. — I. e. m. capit. et vassallis eccl. Vachien.; clero et populo civit. et di.; Ludovico regi Ungariæ; archiep. o Strigonien. (A. 155, f. 136 b.)

1 (kal.) mart. T. VXVI.

106. — *Jacobus*, prior priorat. de Guillestra, O. S. B., Ebredunen di., licent. in decr., fit abb. monast. s. Theofredi, dicti ord., Anicien. di., ante obit. Amblardi per P. P. disposit. suæ reservati. — I. e. m. conv. et vassallis ejusd. monast.; ep. o Anicien.; Joanni R. F. (A. 155, f. 137 b.)

Ut s. T. VIIXX.

107. — *Joannes de Swaham*, ord. fratr. B. M. de Montecarmeli, in theol. mag., fit ep. us eccl. Clonen., ante obit. Joannis ab Innocentio Papa VI disposit. apost. reservatæ. — I. e. m. capit. et vassallis eccl. Clonen.; clero et populo civit. et di.; archiep. o Cassellen.; Edwardo regi Angliæ. (A. 155, f. 152 a.)

6 (II non.) mart. T. VIXXIV.

108. — *Petrus*, ep. us olim Coronen., fit archiep.us eccl. Creten., quam nuper Innocentius Papa VI Urso, ad patriarchatum Graden. de dicta eccl. translato, commendavit, cujus quidem eccl. commendam hodie Papa, Mothonen. ecclesia vacante eid. patriarchæ commendata, revocandam duxit. — I. e. m. capit. et vassallis et suffraganeis eccl. Creten.; clero et populo civit. et di. Creten. (A. 155, f. 33 b.)

Ut s. T. IIIXVI.

109. — *Thomasius*, abb. monast. s. Nicolai de Padula, O. S. A., Caputaquen. di., fit abb. monast. s. Petri de Crapola, dicti ord., Surrentin di., post translationem Anelli ad monast. s. Sebastiani Neapolitan. dicti ord. — I. e. m. conv. dicti monast. s. Petri; ep. o Surrentin. (A. 155, f. 52 a.)

Ut s. T. IIIXVI.

110. — *Stephanus*, abb. monast. s. Mariani Autisiodoren., Præmonstraten ord., fit abb. monast. Parcen. dicti ord., Leodien. di., ante obit. Nicolai ab Innocentio Papa VI disposit. suæ reservati. — I. e. m. conv. et vassallis dicti monast. Parcen. et abb. monast. s. Martini Laudunen. dicti ord., cui dictum monast. Parcen. subesse dinoscitur. (A. 155, f. 52 b.)

Ut s. T. VXVI.

111. — *Thomas de Neuport*, mon. monast. s. Werburgæ Cestriæ, O. S. B., Lichefelden. di., fit abb. ejusd. monast., vac. per resignat. Ricardi ap. S. A. factam. — I. e. m. conv. et vassallis ejusd. monast.; ep. o Lichefelden. (A. 155, f. 62 b.)

Ut s. T. VIXX

112. — *Laurentius de Pinotis*, perp. beneficiatus eccl. Regin., clericali dumtaxat caractere insignitus, fit ep.us ejusd. eccl., ante obit. Bartholomæi ab Innocentio Papa VI reservatæ, supplic. capit. — I. e. m. capit. et vassallis ejusd. eccl.; clero et populo civit. et di. Regin.; archiep. o Ravennaten. (A. 155, f. 65 a.)

Ut s.

113. — *Simon*, mon. monast. s. s. Mariæ et Claudi de Fraxinorio, ad R. E. nullo medio pertin., O. S. B., Mutinen. di., fit abb. ejusd. monast., ante obit. Bertrandi per P. P. disposit. suæ reservati; cassata prius ipsius electione a conv. ignoranter celebrata. (A. 155, f. 144 a.)

Ut s. T. IIXX.

114. — *Urso*, patriarchæ Graden. committitur administratio in spiritualibus et temporalibus eccl. Mothonen., ante obit. Georgii per P.P. disposit. suæ reservatæ. — I. e. m. capit. ejusd. eccl. (A. 155, f. 154 a.)

Datum *Avenione*.

Ut s. T. VI^{XX}.

115. — *Joannes de Pattis*, O. F. P., fit ep. us eccl. Acerrarum, ante obit. Frederici per P. P. disposit. suæ reservatæ. — I. e. m. capit. eccl. Acerrarum ; clero et populo civit. et di. ; archiep. o Neapolitan ; Joannæ reginæ Siciliæ. (*A.* 155, f. 159 b.)

8 (VIII id.) *mart.* T. V^{XVI}.

116. — *Jacobus*, prior claustralis monast. de Regalivalle, prope Squilatum, Cisterc. ord., Nolan. di., fit abb. ejusd. monast., ante obit. Petri per P. P. disposit. suæ reservati, cassata prius ipsius electione a conv. ignoranter celebrata. — I. e. m. conv. et vassallis ejusd. et abb. de Regalimonte, dicti ord., Belvacen. di., monast.; Joannæ reginæ Siciliæ. (*A.* 155, f. 150 b.)

Ut s. T. V^{XX}.

117. — *Alphonsus*, ep. us Citren. transfertur ad eccl. Civitaten., ante obit. Geraldi ab Innocentio Papa VI disposit. apost. reservatam. — I. e. m. capit. et vassallis eccl. Civitaten. ; clero et populo civit. et di. (*A.* 155, f. 163 b.)

10 (VI id.) *mart. 1363.* T. III^{XVI}.

118. — *Raimundus*, præp. præpositure de Ambazaco, O. S. B., Lemovicen. di., fit abb. monast. s. Augustini Lemovicen., dicti ord., ante obit. Guidonis ab Innocentio Papa VI disposit. suæ reservati, licet conv. eumd. Raimundum contra hujusmodi reservat. ignoranter elegerit. — I. e. m. conv. prædicti monast. ; ep. o Lemovicen. (*A.* 155, f. 41 b.)

Ut s. T. III^{XVI}.

119. — *Petrus de Villaribus*, mon. monast. Regalismontis, Cisterc. ord., Belvacen. di., fit abb. monast. de Altofonte, alias de Parco, dicti ord., Montisregalis di., vac. per translationem Guillelmi ad abbatiam monast. s. Trinitatis de Brondulo, dicti ord., Clusin. di. — I. e m. conv. ejusd. de Altofonte et abb. de Sanctiscrucibus, ejusd. ord., Barchinonen. di. monast. (*A.* 155, f. 153 a.)

15 (id.) *mart.* T. III^{XVI}.

120. — *Guillermus Bordith*, mon. monast. de Misericordiadei, Cisterc. ord., Pictaven. di., fit abb. ejusd. monast. ad quod jam per conv. electus fuerat licet post obit. Rodulphi per P. P. disposit. suæ reservatum fuisset. — I. e. m. conv. ejusd., et abb. Caroli loci, dicti ord., Silvanecten. di. monast. (*A.* 155, f. 38 a.)

Ut s. T. III^{XVI}.

121. — *Bartholus Andreæ*, mon. monast. S. M. Vallisumbrosæ, ord. Vallisumbrosæ, Fesulan. di., fit abb. monast. s. Bartholomæi de Ripolis, dicti ord., Florentin. di., ante obit. Mathæi per P.P. disposit. suæ reservati. — I. e. m. conv. s. Bartholomæi et abb. S. M. monast. prædictorum. (*A.* 155, f. 39 b.)

Ut s. T. IV^{XX}.

122. — *Silvester de Arimino*, frater servorum B. M. O. S. A., fit ep. us eccl. Humanaten. ante obit. Hugonis ab Innocentio Papa VI disposit. apost. reservatæ. — I. e. m. capit. dictæ eccl. ; clero et populo civit. et di. Humanaten. (*A.* 155, f. 43 b.)

Ut s. T. III^{XVI}.

123. — *Alanus*, camerarius monast. s. Wyngnaloey de Landeguennec, O. S. B., Corisopiten. di., fit. abb. ejusd. monast. ante obit. Arzmeli ab Innocentio Papa VI disposit. suæ reservati. — I. e. m. conv. ejusd. monast., ep. o Corisopiten. (*A.* 155, f. 48 a.)

Ut s. T. III^{XVI}.

124. — *Joannes de Geldonia*, can. monast. Heleneinen., Præmonstraten. ord., Leodien. di., fit abb. monast. s. Mariani Autisiodoren., dicti ord., post translationem Stephani ad monast. Parcen., ord. et di. prædictorum. — I. e. m. conv. ejusd. s. Mariani, et abb. Præmonstraten. monast., Laudunen. di. (*A.* 155, f. 80 b.)

Ut s. T. III^{XVI}.

125. — *Joannes*, can. monast. s. Laudi de S. Laudo, O. S. A., Constantien. di., fit abb. ejusd. monast., cassata prius ipsius electione a conventu celebrata et auct. ordinaria confirmata, contra reservat. apost... — I. e. m. conv. ejusd. monast. ; ep. o Constantien. (*A.* 155, f. 145 a.)

Ut s. T. III^{XVI}.

126. — *Nicolaus*, can. monast. Montis sancti Eligii, O. S. A., Atrebaten. di., fit abb. ejusd. monast., ab Innocentio Papa VI ante obit. Jacobi disposit. apost. reservati, cassata prius ipsius electione a conv. ignoranter celebrata. — I. e. m. conv. ejusd. monast. ; ep. o Atrebaten. (*A.* 155, f. 149 b.)

Datum *Avenione.*

Ut s. T. VXXIV.

127. — *Paulus,* ep.us olim Gerapetren. fit archiep. us eccl. Corinthien., ante obit. Francisci ab Innocentio Papa VI disposit. apost. reservatæ. — I. e. m. capit., vassallis et suffraganeis eccl. Corinthien.; clero et populo civit. et di. (A. 155, f. 151 b.)

Ut s. T. IIIXVIII.

128. — *Joannes,* prior priorat. de Villa Moysant, O. S. A., Andegaven., di., fit abb. monast. omnium s.s. Andegaven., dicti ord., ante obit. Guillermi ab Innocentio Papa VI disposit. suæ reservati; cassata prius ipsius electione ignoranter a conv., A. S. vacante, celebrata, et a Guillermo ep. o Andegaven. confirmata. — I. e. m. conv. et ep. o prædictis. (A. 155, f. 174 b.)

Ut s. T. IIIXVI.

129 — *Joannes,* mon. monast. de Casalibenedicto, O. S. B., Bituricen. di., D. D., fit abb. ejusd. monast., ante obit. Guillelmi per P. P. disposit. suæ reservati; cassata prius ipsius electione a conv. ignoranter celebrata. — I. e. m. conv. ejusd. monast.; archiep. o Bituricen. (A. 155, f. 184 b.)

17 mart. (xvi kal. apr.) *1363.* T. XXX.

130. — *Ep. o Lucen.* mand. ut si Ariam Ariæ, priorem conventualem monast. s. Salvatoris Villænovæ de Laurentia, O. S. B., Mindonien. di., idoneum invenerit, eid. monast. in abb. præficiat, alioquin de alia pers. idonea ipsi monast. provideat; cassata prius per P. P. ejusd. Ariæ electione, contra reservationem ab Innocentio Papa VI ante obit. Joannis abb. factam, ignoranter a Joanne ep. o Mindonien. de mand. conventus celebrata et auct. ordinaria confirmata. (A. 155, f. 60 a.)

Ut s. T. XVI.

131. — *Archiep. o Turonen.* mand. ut si Robertum priorem priorat. de Auneio, O. S. A., Andegaven. di., in abb. monast. B. M. de Rota, eorumd. ord. et di., per conv. electum, idoneum invenerit, ipsum eid. monast., licet post obit. Andreæ, S. A. vac. defuncti, per P. P. disposit. suæ reservatum fuisset, in abb. præficiat. (A. 155, f. 70 a.)

Ut s. T. IIXVI.

132. — *Ambrosius de Pisis,* mon. monast. s. Savini Pisan., O. S. B., fit abb. monasteriorum S. M. et s. Gorgonii de Insula Gorgonæ, Pisan. di., et s. Viti Pisan., invicem canonice unitorum, R. E. immediate subjectorum, dicti ord., ante obit. Nicolai ab Innocentio Papa VI disposit. apost. reservatorum. — I. e. m. conv. eorumd. monast. (A. 155, f. 142 b.)

Ut s. Gr. pro Deo.

133. — *Jeronimus,* sacrista monast. s. Salvatoris de Linguafari, ord. s. Basilii, Messanen. di. fit abb. monast. s. Heliæ de Embola, eorumd. ord. et di., post translationem Johachinii ad monast. s. Gregorii de Gipso, ord. et di. prædictorum. (A. 155, f. 145 a.)

Ut s. T. IIIXVI.

134. — *Robertus,* prior priorat. de... O. S. A., Abrincen. di., fit abb. monast. S. M. de Montemorelli, eorumd. ord. et di., ante obit. Stephani ab Innocentio Papa VI disposit. apost. reservati; cassata prius ipsius electione a conv. celebrata et auct. ordinaria confirmata. — I. e. m. conv. ejusd. monast.; ep. o Abrincen. (A. 155, f. 152 b.)

Ut s. T. IIXVI.

135. — *Nicolaus dictus Macia,* mon. monast. s. Philippi de Argirione, alias S. M. ed Latina in Jerusalem nuncupati, ad R. E. nullo medio pertin., O. S. B., Cathanien. di., fit abb. ejusd. monast., post obit. Jacobi, S. A. vac. defuncti, per P. P. disposit. suæ reservati. — I. e. m. conv. ejusd. monast. (A. 155, f. 160 a.)

Ut s. T. XXIV.

136. — *Simoni,* archiep. o Turonen. mand. ut Joannem, priorem claustralem monast. B. M. de Sulleyo, O. S. B., Turonen. di., si idoneum invenerit, præficiat in abb. ejusd. monast. ante obit. Petri per P. P. disposit. suæ reservati; cassata prius ipsius electione ignoranter a conv. celebrata et a b. me. Philippo archiep. o Turonen. confirmata. (A. 155, f. 221 a.)

20 mart. (xiii kal. apr.) T. IVXVI.

137. — *Jordanus,* prior priorat. de Barcz, O. S. B., Petragoricen. di., fit abb. monast. de Tuscuriaco, ord. et di. prædictorum, licet jam electus a conventu ipsius

Datum *Avenione.*

monast.. ante obit. Heliæ per P. P. disposit. suæ reservati. — I. e. m. conv. et vassallis ejusd. monast.; ep.o Petragoricen. (A. 155, f. 35 b.)

Ut s. T. IVxxiv.

138. — *Aimon*, archid. eccl. Bisuntin., in diaconatus ord. constitutus, fit archiep.us ejus. eccl., ad quam capit. ipsum jam elegerat, licet ab Innocentio Papa VI ante obit. Ludovici disposit. apost. reservata foret. — I. e. m. capit., vassallis et suffraganeis eccl. Bisuntin.; clero et populo civit. et di. (A. 155. f. 48 b.)

Ut s. Gr.

139. — *Radulphus*, prior piorat. de Pilis, O. S. B., Pictaven di., fit abb. monast. Nucarien., dicti ord., Turonen. di., ante obit. Nicolai ab Innocentio Papa VI disposit. suæ reservati. — I. e. m. conv. ejusd. monast.; archiep.o Turonen. (A. 155, f. 50 b.)

Ut s. T. VIIxx.

140. — *Dionysius de Nursia*, Ord. fratr. Eremit. S. A., in sacra pagina mag., fit archiep.us Messanen., post translationem Guillelmi ad archiepiscopat. Montisregalis eccl. — I. e. m. capit., suffraganeis et vassallis eccl. Messanen.; clero et populo civit. et di.; Joannæ reginæ Siciliæ. (A. 155. f. 146b.)

Ut s. Gr. pro Deo.

141. — *Joannes de Flestan*, O. S. A., fit ep.us eccl. Nandoralben., ante obit. Pauli ab Innocentio Papa VI disposit. apost. reservatæ. (A. 155, f. 157 a.)

Ut s. T. VIxxiv.

142. — *Bernardus*, præp. eccl. s. Antonini Placentin., diac., fit archiep.us Tyren. et Arboren. eccl., invicem unitarum, ante obit. Nicolai ab Innocentio Papa VI disposit. apost. reservatarum. — I. e. m. capit., vassallis et suffraganeis eccl. Tiren. et Arboren.; clero et populo civit. et di. (A. 155, f. 169 a.)

Ut s. T. VIxxiii.

143. — *Voltzo*, prior claustralis monast. s. Jacobi extra muros Maguntin., O. S. B., fit abb. ejusd. monast., ante resignat. Wirici ab Innocentio Papa VI disposit. apost. reservati; cassata prius ipsius electione a conv. celebrata, et a vicario Gerlaci archiep.i Maguntin. confirmata. — I. e. m. conv. et archiep.o prædictis. (A. 155, f. 221 b.)

Ut s. T. VIxx.

144. — *Joannes*, ep.us Culmen., transfertur ad eccl. Hildesemen., ante obit. Henrici per P. P. disposit. suæ reservatam. — I. e. m. capit. et vassallis dictæ eccl.; clero et populo civit. et di. Hildesemen.; archiep.o Maguntin.; Carolo Roman. imperat. (A. 155, f. 33 a.)

Ut s. T. Vxxiv.

145. — *Hugo de Rupto*, presb. O. F. P., fit archiep.us eccl. Beneventan., ante obit. Guillelmi ab Innocentio Papa VI disposit. suæ reservatæ. — I. e. m. capit. et suffraganeis dictæ eccl., clero et populo civit. et di. (A. 155, f. 42 a.)

Ut s. T. VIxxiv.

146. — *Bartholomeus Prignanus*, can. Neapolitan., D. D., diac., fit archiep.us eccl. Acherontin., ante obit. Joannis per P. P. disposit. suæ reservatæ. — I. e. m. capit. et suffraganeis eccl. Acherontin.; clero et populo civit. et di.; Joannæ reginæ Siciliæ. (A. 155, f. 44 a.)

Ut s. Gr.

147. — *Thomas*, prior piorat. de Cluno, O. S. B., Nanneten. di., fit abb. monast. B. M. de Albacorona, eorumd. ord. et di., ante obit. Joannis ab Innocentio Papa VI disposit. suæ reservati, cassata prius ipsius Thomæ electione per conv. ignoranter celebrata, et auct. ordinaria confirmata. — I. e. m. conv. dicti monast., Roberto ep.o Nanneten. (A. 155, f. 66 b.)

Ut s. T. VIIxx.

148. — *Andreas*, decanus eccl. Ispalen., in diaconatus ord. constitutus, fit ep.us eccl. Corduben., ante obit. Martini ab Innocentio Papa VI disposit. apost. reservatæ. — I. e. m. capit. et vassallis eccl. Corduben.; clero et populo civit. et di.; archiep.o Toletan.; Petro regi Castellæ et Legionis. (A. 155, f. 141 b.)

Ut s. T. Vxx.

149. — *Angelus Canopie*, can. eccl. Clugien., fit ep.us ejusd. eccl., post obit. Leonardi, A. S. vacante defuncti, per P. P. disposit. suæ reservatæ. — I. e. m. capit. eccl. Clugien.; clero et populo civit. et di.; patriarchæ Graden. (A. 155, f. 155 b.)

Datum *Avenione.*

24 mart. (ix kal. apr.) T. VIxx. — **150.** — *Wicboldus de Belsreg*, can. eccl. Culmen. fit ep.us ejusd. eccl., post translationem Joannis ad eccl. Hildesemen. — I. e. m. capit. et vassallis eccl. Culmen.; clero et populo civit. et di.; archiep. o Rigen. (I. 155, f. 59 a.)

Ut s. T. IVxxvi. — **151.** — *Bartholomeus de Urbeveteri*, can. monast. s. Severi prope Urbemveterem, Præmonstraten. ord., fit abb. ejusd. monast., ab Innocentio Papa VI ante obit. Pauli disposit. apost. reservati. — I. e. m. conv. et vassallis ejusd., ac abb. Præmonstraten., Laudunen. di. monast. (I. 155, f. 150 a.)

Ut s. T. IVxx. — **152.** — *Hainricus Crapsoni*, can. eccl. Brixinen., fit ep. us eccl. Laventin. ante obit. Petri per P. P. disposit. suæ reservatæ, cassata electione ipsius ab Ortolfo archiep. o Salzeburgen. hujusmodi reservat. ignaro celebrata. — I. e. m. capit. eccl. Laventin.; clero civit. et di.; archiep. o prædicto. (I. 155, f. 154 b.)

Ut s. T. IIIxxvi. — **153.** — *Thomas*, mon. monast. s. Petri Bremeten., O. S. B., Papien. di., fit abb. monast. s. Bartholomæi de Azano, dicti ord., Asten. di., ante obit. Guillelmi ab Innocentio Papa VI disposit. apost. reservati; cassata prius ipsius electione ignoranter a conv. celebrata. — I. e. m. conv. ejusd. monast. de Azano; ep. o Asten. (I. 155, f. 182 a.)

25 mart. (viii kal. apr.) T. IVxx. — **154.** — *Rainaldus*, prior eccl. Fulginaten., diac., fit ep. us ejusd. eccl., ad R. E. nullo medio pertin., ante obit. Pauli per P. P. disposit. suæ reservatæ. — I. e. m. capit. eccl. Fulginaten., clero et populo civit. et di. (I. 155, f. 45 a.)

Ut s. Gr. pro Deo. — **155.** — *Jacobus Crinelli*, mon. monast. s. Savini Placentin., O. S. B., fit abb. monast. s. Alexandri Placentin., dicti ord., post obit. Joannis per P. P. disposit. suæ reservati. — I. e. m.[1] conv. ejusd. monast. s. Alexandri; ep.o. Placentin. (I. 155, f. 203 a.)

... mart. a. primo. T. IIIxxvi. — **156.** — *Cicrus*, mon. monast. S. M. de Capella, prope Neapolim, O. S. B., fit abb. monast. s. Demetrii Neapolitan., dicti ord., ante obit. Angeli per P. P. disposit. suæ reservati; cassata prius ipsius electione ignoranter a conv. celebrata. — I. e. m. conv. ejusd. monast.; archiep. o Neapolitan. (I. 155, f. 147 b.)

5 (non.) apr. — **157.** — *Joannes de Gona*, mon. monast. de Corbeya, ad R. E. nullo medio pertin., O. S. B., Ambianen. di., fit abb. ejusd. monast., ante obit. Joannis per P. P. disposit. suæ reservati. — I. e. m. conv. et vassallis ejusd. monast.; Joanni R. F. (I. 155, f. 47 a.)

Ut s. T. VIxxiv. — **158.** — *Bonjoannes ep.us olim Firman.*, præficitur in archiep. um eccl. Patracen., ante obit. Joannis per P. P. disposit. suæ reservatæ. — I. e. m. capit. vassallis et suffraganeis dictæ eccl.; clero et populo civit. et di. Patracen. (I. 155, f. 55 b.)

Ut s. T. VIIxx. — **159.** — *Joannes*, archid. Northausen., in eccl. Lincolnien., fit ep. us ejusd. eccl. ante obit. Joannis ab Innocentio Papa VI disposit. apost. reservatæ; cassata prius ipsius electione a capit. ignoranter celebrata. — I. e. m. capit. et vassallis eccl. Lincolnien.; clero et populo civit et di.; archiep.o. Cantuarien.; Edwardo regi Angliæ. (I. 155, f. 148 b.)

17 apr. (xv kal. maii.) T. IIIxxvi. — **160.** — *Bonifacius de Carraria*, mon. monast. s. Michaelis de Candiana, O. S. B., Paduan. di., fit abb. monast. S. M. de Pratalea, ord. et di. prædictorum, post obit. Jacobi per P. P. disposit. suæ reservati. — I. e. m. conv. et vassallis dicti monast. S. M.; abb., monast. s. Benedicti in Palerone, ord. ejusd. s. Mantuan. di. (I. 155, f. 57 b.)

Ut s. T. IIIxxvi. — **161.** — *Joannes*, mon. monast. B. M. de Persenia, Cisterc. ord., Cenomanen di., fit abb. ejusd. monast., ante obit. Petri per P. P. disposit. suæ reservati; cassata

1. L'exécutoire porte : ix kal. apr.

Datum *Avenione*.

prius ipsius electione ignoranter a conv. celebrata. — I. e. m. conv. ejusd. et abb. Cistercen., Matisconen. di. monast. (*A.* 155, f. 160[b].)

Ut s. T. III[XVIII].

162. — *Petrus*, mon. monast. s. Salvatoris de Vicecomite, O. S. B., Constantien. di., fit abb. ejusd. monast., ante obit. Petri ab Innocentio Papa VI disposit. apost. reservati, cassata prius ipsius electione ignoranter a conv. celebrata et a vicario Ludovici ep.i Constantien. confirmata. — I. e. m. conv. et ep.o prædictis. (*A.* 155, f. 189[a].)

Ut s. T. III[XVI].

163. — *Petrus de Gazata*, mon. monast. s. Prosperi Inferioris de suburbiis Regin., ad R. E. nullo medio pertin., O. S. B., fit abb. ejusd. monast., ante obit. Zestedini ab Innocentio Papa VI disposit. apost. reservati. — I. e. m. conv. et vassallis ejusd. monast. (*A.* 155, f. 213[b].)

20 *apr.* (XII kal. maii.) *1363* T. IV[XVI].

164. — *Petrus Gregorii*, mon. monast. Aureliaci. O. S. B., s. Flori di., in minoribus ord. constitutus, fit abb. monast. s. Pauli Anthiochen., de Cruce in Cipro nuncupati, dicti ord., Nimocien. di., post obit. Philippi. A. S. vacante defuncti, per P. P. disposit. suæ reservati. — I. e. m. conv. dicti monast.; patriarchæ Anthiochen.; Petro regi Cipri. (*A.* 155, f. 49[b].)

Ut s. Gr.

165. — *Guillelmus Joannis Nicolai*, mon. monast. S. M. de Monteviridi, ad R. E. nullo medio pertin., O. S. B., Boianen di., ante obit. Stephani per P. P. disposit. suæ reservati, licet Thomas abb. monast. s. Georgii de Mirabello, ord. et di. prædictorum ipsum Guillelmum in abb. ejusd. monast. S. M. de mand. conventus contra reservat. apost. elegerit. — I. e. m. conv. prædicti monast. S. M. (*A.* 155, f. 51[a].)

Ut s. Gr.

166. — *Petrus de Prato*, mon. monast. s. Benedicti de Blagiis, O. S. B., Vicen. di., fit abb. monast. S. M. de Cergo, ad R. E. nullo medio pertin., dicti ord., Amparien. di., ante obit. Lucæ ab Innocentio Papa VI disposit. apost. reservati. — I. e. m. conv. et abb. dicti monast. S. M.; Petro regi Aragonum. (*A.* 155, f. 53[a].)

Ut s. Gr.

167. — *Vinciguerra*, archid. B. M. Maltitanorum Duracen., fit ep.us eccl. Vregen., post obit. Bardi per P. P., disposit. suæ reservatæ. — I. e. m. archiep.o Duracen. (*A.* 155, f. 77[b].)

Ut s. T. IV[XVI].

168. — *Hugo*, cellerarius monast. B. M. de Castellariis, Cisterc. ord., Pictaven. di., fit abb. ejusd. monast., post obit. Seguini, S. A. vac. defuncti, per P. P. disposit. suæ reservati. — I. e. m. conv. ejusd. monast.; abb. monast. Clarævallis, dicti ord., Lingonen. di.; Edwardo regi Angliæ. (*A.* 155, f. 158[a].)

Ut s. T. III[XX].

169. — *Raynerius*, can. eccl. Mazarien., fit ep.us eccl. Bosan., post translationem Rogerii ad dictam Mazarien. eccl. — I. e. m. capit. eccl. Bosan.; archiep.o Turritan. (*A.* 155, f. 161[a].)

Ut s. T. V[XX].

170. — *Rogerius*, ep.us Bosan., transfertur ad eccl. Mazarien., ante obit. Gregorii ab Innocentio Papa VI disposit. apost. reservatam. — I. e. m. capit eccl. Mazarien., clero et populo civit. et di.; archiep.o Panormitan. (*A.* 155, f. 161[b]. *Eubel, op. cit.* n. 862.)

Ut s. T. III[XVI].

171. — *Jacobus*, abb. monast. s. Salvatoris de Trimino, O. S. B., Salernitan. di., transfertur ad abbatiam monast. s. Januarii prope Neapolim, dicti ord., post obit. Gentilis, S. A. vacante defuncti, per P. P. disposit. suæ reservati. — I. e. m. conv. ejusd. monast. s. Januarii; archiep.o Neapolitan. (*A.* 155, f. 163[a].)

21 *apr.* (XI kal. maii.) T. V[XX].

172. — *Joannes Grandis de Padua*, presb. ord. fratr. Eremitarum S. A., fit ep.us eccl. Emonen., ante obit. Guillelmi per P. P. disposit. suæ reservatæ. — I. e. m. capit. et vassallis dictæ eccl.; clero et populo civit et di.; patriarchæ Aquilegen. (*A.* 155, f. 55[a].)

Datum *Avenione.*

Ut s.
T. VIIXX.

173. — *Jacobus dictus Gauga de Neapoli*, can. Turonen., clericali dumtaxat caractere insignitus, fit ep.us eccl. Lucerin., ante obit. Antonii per P. P. disposit. apost. reservatæ. — I. e. m. capit. et vassallis dictæ eccl.; clero et populo civit. et di. Lucerin.; archiep.o Beneventan.; Joannæ reginæ Siciliæ. (A. 155, f. 56 b.)

Ut s.
T. IIIXVI.

174. — *Petrus*, prior claustralis monast. de Prulliaco, Cisterc. ord., Senonen. di., fit abb. ejusd. monast., ante obit. Gaufridi per P. P. disposit. suæ reservati; cassata prius electione ejusd. Petri per conv. ignoranter celebrata, et a quond. Joanne, abb. Cistercen., Cabilonen. di., patre abbate ejusd. de Prulliaco monast., prout ab antiquo consuevit, confirmata. — I. e. m. conv. de Prulliaco, et abb. Cistercen. monast. prædictorum. — (A. 155, f. 61 a.)

26 apr. (vi kal. maii.)
1363.

175. — *Dominicus*, professor ord. fratr. s. Augustini de Armenia nuncupatorum, fit archiep.us eccl. Manasguerden. post obit. Nerses per P. P. disposit. suæ reservatæ. — I. e. m. capit., vassallis et suffraganeis eccl. Manasguerden.; clero et populo civit. et di. (A. 155, f. 93 a.)

Ut s.
T. IIIXVIII.

176. — *Petrus*, prior priorat. de Bretonneria, O. S. A., Redonen. di., licent. in decr., fit abb. monast. s. Jacobi Montisfortis, dicti ord., Maclovien. di., ante obit. Radulphi per P. P. disposit. suæ reservati, cassata prius ipsius electione ignoranter a conv. celebrata, et a Guillelmo ep.o Maclovien. confirmata. — I. e. m. conv. et ep.o prædictis. (A. 155, f. 210 b.)

5 (III non.) *maii 1363.*
T. VXVI.

177. — *Joannes*, prior priorat. de Karoloco, O. S. B., Apten. di., a monast. s. Petri Montismajoris, dicti ord., Arelaten. di., dependentis, licent. in decr., fit abb. monast. s. Jovini de Marnis, dicti ord., Pictaven di., vac. per obit. Petri, S. A. vacante defuncti; cassata prius certis ex causis electione Reginaldi de Toussy, prioris priorat. s. Generosi, ab eod. monast. s. Jovini dependentis, ord. et di. predictorum, per conv. celebrata, et auct. ordinaria confirmata. — I. e. m. conv. et vassallis dicti monast. s. Jovini; ep. o Pictaven.: Edwardo regi Angliæ. (A. 155, f. 58 a.)

Ut s.
T. IVXVIII.

178. — *Bernardus*, mon. monast. s. Victoriani, ad R. E. nullo medio pertin., O. S. B., Ilerden. di., fit abb. ejusd. monast. ante obit. Simonis ab Innocentio Papa VI disposit. apost. reservati; cassata prius electione ejusd. Bernardi per conv. ignoranter celebrata. — I. e. m. conv. et vassallis ejusd. monast.; Petro regi Aragonum. (A. 155, f. 64 a.)

Ut s.
T. VIIXX.

179. — *Guillelmus de Rancia*, O. F. P., fit ep.us eccl. Sagien., ante obit. Gervasii per P. P. disposit. suæ reservatæ. — I. e. m. capit. et vassallis eccl. Sagien.; clero et populo civit. et di.; archiep.o Rothomagen.; Joanni R. F. (A. 155, f. 162 a.)

Ut s.
Gr. pro Deo.

180. — *Guillelmus*, præp. præpositure de Ultrabresone, O. S. B., Lemovicen. di., fit abb. monast. Vosien., eorumd. ord. et di., ante obit. Guidonis ab Innocentio Papa VI disposit. suæ reservati; cassata prius ipsius electione ignoranter a conv. celebrata, et ab ep.o Lemovicen. confirmata. — I. e. m. conv. et ep.o prædictis. (A. 155, f. 165 b.)

Ut s.
T. VXX.

181. — *Franciscus*, archid. eccl. Cuman., presb., fit ep.us eccl. Papien., ante obit. Alcherii per P. P. disposit. suæ reservatæ. — I. e. m. capit. et vassallis eccl. Papien.; clero et populo civit. et di. (A. 155, f. 209 b.)

15 (id.) maii 1363.
Gr. pro Deo.

182. — *Dominicus Joannis de Florentia*, Ord. fratr. B. M. de Monte Carmeli, fit ep.us Girapetren., post translationem Pauli ad archiepiscopat. Corinthien. — I. e. m. capit. eccl. Girapetren.; archiep.o Creten. (A. 155, f. 181 a.)

16 maii (XVII kal. jun.)
1363.
T. IIIXVIII.

183. — *Raimundus*, mon. monast. de Ardorello, Cisterc. ord., Castren. di., fit abb. ejusd. monast., ante obit. Petri per P. P. disposit. suæ reservati, cassata prius elec-

Datum *Avenione.*

tione ejusd. Raimundi per conv. ignoranter celebrata, et ab Hugone abb. de Cadonio dicti ord., Sarlaten. di., patre abbate ejusd. de Ardorello monast., prout ab antiquo consuevit, confirmata. — I. e. m. conv. et Hugoni abb. prædictis. (A. 155. f. 60[b].)

24 maii (IX kal. jun.) *1363.* T. V XXVI.

184. — *Bertrandus de Moleria*, mon. monast. s. Fermerii. O. S. B., Vasaten. di., fit abb. ejusd. monast., post obit. Garsiæ, A. S. vac. defuncti, per P. P. disposit. suæ reservati. — I. e. m. conv. et vassallis ejusd. monast.; ep.o Vasaten.; Edwardo regi Angliæ. (A. 155. 62[a].)

Ut s. T. III XVI.

185. — *Ferrarius*, mon. et elemosinarius monast. s. Michaelis de Clusa. O. S. B., Taurinen. di., fit abb. monast. s. Salvatoris de Breda, dicti ord., Gerunden. di., ante obit. Raimundi ab Innocentio Papa VI disposit. apost. reservati. — I. e. m. conv. dicti monast. de Breda; ep.o Gerunden. (A. 155. f. 63[b].)

Ut s. T. VI XX.

186. — *Antonius de Ricello*, presb. O. F. P., fit ep.us Mellien., post translationem Nicolai ad archiepiscopat. Cusentin. — I. e. m. capit. et vassallis eccl. Mellien.; clero et populo civit. et di.; Joannæ reginæ Siciliæ. (A. 155. f. 79[a].)

Ut s. T. III XVIII.

187. — *Simon*, prior claustralis monast. s. Vincentii Cenomanen., O. S. B., fit abb. ejusd. monast., ante obit. Joannis ab Innocentio Papa VI disposit. apost. reservati; cassata prius ipsius electione ignoranter a conv. celebrata et a Michaele ep.o Cenomanen. confirmata. — I. e. m. conv. et ep. o. prædictis. (A. 155, f. 179[b].)

Ut s. T. III XVI.

188. — *Petrus*, prior priorat. de Capellarosa. O. S. A. Pictaven. di., fit abb. monast. s. Crucis de Anglia. ord. et di. prædictorum, post obit. Petri per P. P. disposit. suæ reservati. — I. e. m. conv. ejusd. monast.; ep. o Pictaven. (A. 155. f. 194[b].)

Ut s. T. IV XVI.

189. — *Albertus*, prior claustralis monast. s. Laurentii Cremonen., O. S. B., fit abb. ejusd. monast., ante obit. Petri per P. P. disposit. suæ reservati. — I. e. m. conv. et vassallis ejusd. monast.; ep. o Cremonen. (A. 155. f. 200[b].)

25 maii (VIII kal. jun.) *1363.* T. IV XX.

190. — *Franciscus*, archid. Anconitan., fit ep.us eccl. Alatrin., ante obit. Pauli ab Innocentio Papa VI disposit. suæ reservatæ. — I. e. m. capit. eccl. Alatrin.; clero et populo civit. et di. (A. 155. f. 167[a].)

26 maii (VII kal. jun.) *1363.* T. III XVI.

191. — *Albinus*, can. monast. s. Nicolai de Blancalanda. Præmonstraten. ord., Constantien. di., fit abb. ejusd. monast., ad quod jam et. fuerat a conv., licet Innocentius Papa VI ante obit. Nicolai abb. ipsum disposit. apost. reservasset. — I. e. m. conv. ejusd. monast.; Guidoni abb. monast. Domnimartini in Pontivo. præfati ord., Ambianen. di. (A. 155. f. 54[a].)

Ut s. T. VI XX.

192. — *Valascus*, cantor eccl. Ægitanien. dioc., fit ep.us ejusd. eccl., ante obit. Ægidii ab Innocentio Papa VI disposit. apost. reservatæ; cassatis prius electionibus ejusd. Valasci et Gundisalvi decani eccl. Silven. in discordia per capit. ignoranter celebratis. — I. e. m. capit. eccl. Ægitanien.; clero et populo civit. et di.; archiep.o Compostellan.; Petro regi Portugalliæ. (A. 155. f. 176[a].)

Ut s. T. IV XVI.

193. — *Stephanus*, prior monast. s. Benedicti de Nursia. O. S. B., Spoletan di., per prior. soliti gub., fit abb. monast. s. s. Nicolai et Cataldi prope Licium. ad R. E. nullo medio pertin., dicti ord., ante obit. Nicolai per P. P. disposit. apost. reservati. — I. e. m. conv. et vassallis ejusd. monast. s. s. Nicolai et Cataldi; Joannæ reginæ Siciliæ. (A. 155. f. 178[a].)

Ut s. T. VII XX.

194. — *Imislaus*, præp. eccl. s. Michaelis Plocen., fit ep.us Plocen., post amotionem Bernardi ab Innocentio Papa VI factam. — I. e. m. capit. et vassallis eccl. Plocen.; clero et populo civit. et di.; archiep.o Gneznen.; Kazimiro regi Poloniæ. (A. 155. f. 192[a].)

Datum *Avenione*.

Ut s. T. IVXVIII.

195. — *Ubertus*, abb. monast. s. Stephani Januen., O. S. B., Papæ cap., transfertur ad abbatiam monast. s. Benedicti de Padolirone. ad R. E. nullo medio pertin., dicti ord., Mantuan. di., ante obit. Bernardi ab Innocentio Papa VI disposit. suæ reservati. — I. e. m. conv. et vassallis dicti monast. s. Benedicti, et abbatibus, prioribus, præp. et decanis monasteriorum, priorat., præpositatuum et decanatuum O. S. B. eorumque conventibus, necnon archipr.is, plebanis ac rectoribus ecclesiarum, hospitalium, aliorumque locorum eid. monast. immediate subjectorum. (*A* 155, f. 200[a].)

2 (IV non.) *jun 1363*. T. VXX.

196. — *Alphonsus de Tauro*, presb., O. F. M., fit ep. us eccl. Firman., post translationem b. me. Bonjoannis ad eccl. Patracen. — I. e. m. capit. et vassallis eccl. Firman.; clero et populo civit. et di. (*A*. 155, f. 76[a]; *Eubel, op. cit.*, n. 870.)

7 (VII id.) *jun 1363*. T. IIIXX.

197. — *Grisogonus Dumina*, can. eccl. Arben., clericali dumtaxat caractere insignitus, fit ep. us ejusd. eccl. post obit. Georgii, majore parte capit. supplic. — I. e. m. capit. dictæ eccl.; Ludovico regi Ungariæ. (*A*. 155, f. 94[b].)

Ut s. T. IVXVI.

198. — *Joannes Keyenoghe*, mon. monast. Vliderbacen., O. S. B., Leodien. di., fit abb. ejusd. monast., post obit. Willelmi per P. P. disposit. suæ reservati. — I. e. m. conv. et vassallis ejusd. monast.; ep. o Leodien. (*A*. 155, f. 119[b].)

Ut s. T. VIIXX.

199. — *Thomas*, can. eccl. Karleolen., Papæ pænitentiarius, baccal. in decr., fit ep. us ejusd. eccl. ante obit. Gilberti per P. P. disposit. suæ reservatæ, cassata prius ipsius electione a capit. ignoranter celebrata. — I. e. m. capit. et vassallis eccl. Karleolen.; clero et populo civit. et di.; archiep. o Eboracen.; Edwardo regi Angliæ. (*A*. 156, f. 164[a] et 167[b].)

Ut s. T. IIIXVI.

200. — *Rogerius de Placisio*, mon. monast. Ripæaltæ, Cisterc. ord., Civitaten. di., fit abb. ejusd. monast., ante obit. Severini per P. P. disposit. suæ reservati. — I. e. m. conv. ejusd., et Martino abb. Casænovæ, dicti ord., Pennen. di. monast. (*A*. 155, f. 166[b].)

Ut s. T. IIIXVI.

201. — *Joannes*, can. olim abb. monast. s. Pauli Bisuntin., O. S. A., fit abb. monast. S. Stephani de Divione, dicti ord., Lingonen. di., vac. per resignat. Theobaldi ap. S. A. factam. — I. e. m. conv. ejusd. monast. s. Stephani; ep. o Lingonen. (*A*. 155, f. 168[b].)

Ut s. T. IIIXVI.

202. — *Joannes*, abb. monast. s. Eligii Noviomen., O. S. B., fit abb. monast. s. Petri de Gemeticis, dicti ord., Rothomagen di., ante obit. Joannis ab Innocentio Papa VI disposit. suæ reservati. — I. e. m. conv. dicti monast. s. Petri; archiep.o. magen. (*A*. 155, f. 171[b].)

Ut s. T. IIIXVI.

203. — *Theobaldus*, abb. monast. s. Stephani de Divione, O. S. A., Lingonen. di., fit abb. monast. s. Pauli Bisuntin., dicti ord., vac. per resignat. Joannis ap. S. A. factam. — I. e. m. conv. ejusd. monast. s. Pauli; archiep.o Bisuntin. (*A*. 155, f. 174[a].)

Ut s. T. IIIXXI.

204. — *Guillelmus*, celerarius monast. B. M. de Pinu, Cisterc. ord., Pictaven. di., fit abb. ejusd. monast., post obit. Petri, S. A. vacante defuncti, per P. P., disposit. suæ reservati. — I. e. m. conv. ejusd. de Pinu, et abb. de Pontigniaco, dicti ord., Autisiodoren. di., monast. (*A*. 155, f. 177[a].)

Ut s. T. VXX.

205. — *Willelmus*, archid. eccl. Imelacen., in diaconatus ord. constitutus, fit ep. us ejusd. eccl., ante obit. Davidis ab Innocentio Papa VI disposit. apost. reservatæ; cassata prius ipsius electione a capit. ignoranter celebrata. — I. e. m. capit. eccl. Imelacen.; clero civit. et di.; archiep.o Cassellen.; Edwardo regi Angliæ. (*A*. 155, f. 183[b].)

8 (VI id.) *jun 1363*. T. VXVI.

206. — *Petrus*, prior priorat. de Brimiefeld, O. S. B., Wigornien. di., fit abb. monast. s. Stephani de Fontaneto abbatiæ, dicti ord., Baiocen. di., ante obit. Guil-

Datum *Avenione.*

lelmi ab Innocentio Papa VI disposit. apost. reservati ; cassata prius ipsius electione per conv. ignoranter celebrata. — I. e. m. conv. et vassallis ejusd. monast.; ep. o Bajocen ; Joanni R. F. (*A.* 155, f. 171 a.)

9 (v id.) jun 1363. T. VI xx. — **207**. — *Laurentius*, can. eccl. Lamecen., fit ep. us ejusd. eccl., ante obit. Durandi per P. P. disposit. suæ reservatæ ; cassata prius ipsius Laurentii electione per capit. ignoranter celebrata. — I. e. m. capit. ejusd. eccl.; clero et populo civit. et di. Lamecen. ; archiep. o Compostellanen. ; Petro regi Portugalliæ. (*A.* 155. f. 67 b.)

Ut s. T. V xviii. — **208**. — *Joannes*, abb. monast. s. Martini in Bosco, O. S. A., Belvacen. di., fit abb. monast. s. Genovefæ Parisien., dicti ord., ante obit. alterius Joannis per P. P. disposit. suæ reservati. — I. e. m. conv. et vassallis dicti monast. s. Genovefæ ; ep.o Parisien.; Joanni R. F. (*A.* 155, f. 69 a.)

Ut s. T. IV xvi. — **209**. — *Thomas*, prior priorat. de Maucearg., O. S. A., Senonen. di., a monast. s. Joannis extra muros Senonen., ejusd. ord., dependentis, D. D., fit abb. monast. s. Martini in Nemore, dicti ord., Belvacen. di., vac. per translationem Joannis ad monast. s. Genovefæ Parisien., ejusd. ord. — I. e. m. conv. dicti monast. s. Martini ; ep. o Belvacen. (*A.* 155, f. 72 a.)

Ut s. T. III xvi. — **210**. — *Gaucelinus*, can. monast. s. Petri de Insula, O. S. A., Burdegalen. di., fit abb. ejusd. monast., vac. ap. S. A. per translationem Guillelmi ad monast. s. Romani de Blavia eorumd. ord. et di.; cassata prius ipsius electione a conv. ignoranter celebrata. — I. e. m. conv. ejusd. monast. s. Petri ; archiep.o Burdegalen. (*A.* 155, f. 179 a.)

Ut s. T. V xvi. — **211**. — *Petrus de Maloreye*, mon. monast. s. Petri de Gemeticis, O. S. B., Rothomagen. di., fit abb. monast. s. Petri de Conchis, dicti ord., Ebroicen. di., post translationem Joannis, nunc ejusd. de Gemeticis abbatis, ad abbatiam s. Eligii Noviomen., ejusd. ord., monast. — I. e. m. conv. et vassallis dicti monast. de Conchis ; ep.o Ebroicen. ; Joanni R. F. (*A.* 155, f. 198 a.)

11 (III id.) jun. 1363. T. XXIV. — **212**. — *Bertrando*, archiep. o Salernitan., mand. ut monasterio s. Salvatoris de Trimino, de Serino, O. S. B., suæ di., vac. per translationem Jacobi ad abbatiam monast. s. Januarii de Neapoli, ejusd. ord., personam idoneam in abb. præficiat. (*A.* 155, f. 63 a.)

12 (II id.) jun. 1363. T. IV xx. — **213**. — *Joannes de Prato*, presb. Pistorien. di., fit ep. us eccl. Verulan., ad R. E. nullo medio pertin., ante obit. Guidonis per P. P. disposit. suæ reservatæ. — I. e. m. capit. dictæ eccl.; clero et populo civit. et di. Verulan. (*A.* 155. f. 73 a.)

Ut s. T. XXIV. — **214**. — *Ep.o Sanctimarci* mand. ut Nicolaum de Lungro, priorem claustralem monast. S. M. de Camiliano, ad R. E. nullo medio pertin., O. S. B., Rossanen di., si idoneum invenerit, alioquin aliam pers. idoneam præficiat in abb. ejusd. monast. (*A.* 155, f. 75 b.)

Ut s. T. VI xxiv. — **215**. — *Joannes*, prior F. O. P. Ragusin., præficitur in archiep. um eccl. Antibaren., ante obit. Stephani per P. P. disposit. suæ reservatæ. — I. e. m. capit., vassallis et suffraganeis dictæ eccl.; clero et populo civit. et di. Antibaren. (*A.* 155, f. 82 a.)

Ut s. T. III xvi. — **216**. — *Herceus de Portu*, mon. monast. s. Gildasii de Nemore, O. S. B., Nanneten. di., fit abb. ejusd. monast., post obit. Joannis per P. P. disposit. suæ reservati. — — I. e. m. conv. ejusd. monast. ; Roberto ep. o Nanneten. (*A.* 155, f. 113 b.)

Ut s. T. III xviii. — **217**. — *Gaufridus*, prior priorat. de Capella, prope Adadomini, O. S. B., Pictaven. di., fit abb. monast. s. Mauri supra Ligerim, dicti ord., Andegaven. di., ante obit. Dionysii ab Innocentio Papa VI disposit. suæ reservati ; cassata prius ipsius electione quæ ignoranter a conv. celebrata et a Guillelmo ep. o Andegaven. confirmata fuit. — I. e. m. conv. et ep. o prædictis. (*A.* 155, f. 117 a.)

Datum *Avenione.*

Ut s.
T. II^{XX}.

218. — *Robertus*, O. S. A., fit ep. us eccl. Prisinen. vac. per obit. Joannis, et propter diutinam vacationem S. A. collationi devolutæ: cassata prius ipsius electione quæ a Guillelmo ep. o Sisopolitan., asserente provisionem ejusd. eccl. ad Guillelmum patriarcham Constantinopolitan. devolutam esse, et se ab eod. patriarcha providendi præfatæ eccl. de pastore potestatem habere, celebrata, et auct. ordinaria confirmata fuit. — I. e. m. capit. Prisinen. (*A.* 155, f. 177^{b}.)

14 jun. (xviii kal. jul.) *1363.*
T. VI^{XX}.

219. — *Thomasius*, archipr. eccl. Acernen., fit ep. us eccl. Venusin., per P. P. ante obit. Gaufridi disposit. suæ reservatæ. — I. e. m. capit. eccl. Venusin.; clero et populo civit. et di.; archiep. o Acherontin.; Joannæ reginæ Siciliæ. (*A.* 155, f. 70^{b}.)

Ut s.
T. III^{XX}.

220. — *Minta*, monialis monast. de Binderen, Cisterc. ord., Leodien di., præficitur in abbatissam ejusd. monast. prout post obit. Aleydis per conv. electa fuerat; cassata electione Elizabeth de Aa, ejusd. monast. monialis, a Joanne mon., tunc abb. monast. Villarien., ord. et di. prædictorum, ad quem hujusmodi electionis confirmatio pertinet, intrusæ. — I. e. m. conv. de Binderen et abb. Villarien. monast. prædictorum. (*A.* 155, f. 102^{b}.)

Ut s.
T. V^{XVI}.

221. — *Geraldus*, abb. monast. s. Georgii de Venetiis, O. S. B., Castellan. di., fit abb. monast. s. Eligii extra muros Noviomen., dicti ord., ante obit. Nicolai per P. P. disposit. suæ reservati, et postea de persona Joannis, tunc abb. de Conchis, ejusd. ord., Ebroicen. di., provisi, et deinde ap. S. A. vac. per translationem ipsius Joannis, antequam litteræ prov. hujusmodi confectæ fuissent, factam, ad monast. s. Petri de Gemeticis, dicti ord., Rothomagen. di. — I. e. m. conv. et vassallis dicti monast. s. Eligii; ep. o Noviomen.; Joanni R. F. (*A.* 155, f. 164^{b}.)

Ut s.
T. II^{XVI}.

222. — *Petrus*, prior priorat. de Pontida, Cluniac. ord., Pergamen. di., fit abb. monast. s. Georgii de Venetiis, ad R. E. nullo medio pertin., O. S. B., Castellan. di., vac. per translationem Gerardi ad abbatiam monast. s. Eligii Noviomen., O. S. B. — I. e. m. conv. ejusd. monast. s. Georgii. (*A.* 155, f. 173^{a}.)

Ut s.
T. III^{XVI}.

223. — *Guillermus*, prior priorat. s. Martini Redonen., O. S. A., fit abb. monast. B. M. Panispontis, dicti ord., Maclovien. di., ante obit. Thomæ per P. P. disposit. suæ reservati: cassata prius ipsius electione a conv. ignoranter celebrata. — I. e. m. conv. ejusd. monast.; ep. o Maclovien. (*A.* 155, f. 210^{a}.)

15 jun. (xvii kal. jul.) *1363.*
T. III^{XVI}.

224. — *Joannes de Venetiis*, mon. monast. S. M. de Citria, O. S. B., Nucerin. di., fit abb. monast. s. Ponciani propre muros Lucan., dicti ord., ante obit. Geraldi ab Innocentio Papa VI disposit. apost. reservati. — I. e. m. conv. ejusd. s. Ponciani et abb. de Padolirone, dicti ord., Mantuan. di., monast. (*A.* 155, f. 187^{a}.)

16 jun. (xvi kal. jul.) *4363.*
T. VII^{XXIV}.

225. — *Thomas* fit ep. us Lismoren. et Waterforden. ecclesiarum, a Joanne Papa XXII invicem unitarum. Decrevit iste inter cætera quod, statu præsulum qui tunc eisd. præerant eccl. integro remanente, quovis ipsorum cedente vel decedente, superstes foret utriusque eccl. ep. us nominandus. Postmodum vero Nicolao, ep. o Waterforden. vita functo, Joanne ep. o Lismoren. superstite remanente, Ricardus pro ep. o Waterforden. se gessit, per capit. electus, et auct. ordinaria confirmatus, quo defuncto Clemens Papa VI Rogerum ep. um Landaven. in ep. um Waterforden. præfecit, nulla facta de unione hujusmodi mentione; et subsequenter post obit. Joannis ep. i Lismoren. Innocentius Papa VI de præmissis habita mentione præfatum Thomam eccl. Lismoren. præfecit, et Rogerum prædictum ad eccl. Landaven. transtulit. Thomas demum et capitula earumd. Lismoren. et Waterforden. eccl. Innocentium primo et post ejus obit. hodiernum P. P. supplicarunt ut unio prædicta debitum

Datum *Avenione.*

sortiretur effectum. — I. e. m. capit. et vassallis eccl. Waterforden.; clero et populo civit. et di.; archiep. o Cassellen.; Edwardo regi Angliæ. (*A.* 155, f. 87[a].)

Ut s. T. II[XVI].

226. — *Robertus*, abb. monast. s. Petri de Putheolis, Camaldulen. ord., Lucan. di., fit abb. monast. s. Zenonis Pisan., dicti ord., post obit. Silvestri, A. S. vac. defuncti, per P. P. disposit. suæ reservati. — I. e. m. conv. ejusd. monast. s. Zenonis. (*A.* 155, f. 169[b].)

Ut s. T. II[XVIII].

227. — *Petrus*, prior priorat. B. M. de Bereco, Cisterc. ord., Taurinen. di., fit abb. monast. s. Petri de Ripalta, ad R. E. nullo medio pertin., eorumd. ord. et di., ante obit. Bruni per P. P. disposit. suæ reservati; cassata prius ipsius electione a conv. ignoranter celebrata. — I. e. m. eisd. conv. (*A.* 155, f. 188[a].)

21 jun. (XI kal. jul.) *1363.* T. II[XVI].

228. — *Joannes*, abb. monast. Claravallis, Cisterc. ord., Lingonen. di., transfertur ad abbatiam monast. Cisterceen., Cabilonen. di., ad R. E. nullo medio pertin., ante obit. Joannis per P. P. disposit. suæ reservati; cassata prius electione ejusd. a conv. ignoranter celebrata. — I. e. m. conv. ejusd. monast. Cisterceen. (*A.* 155, f. 84[a].)

Ut s. T. V[IXX].

229. — *Joannes*, decanus eccl. Colonien., fit ep. us Monasterien., post translationem Adolphi ad archiepiscopat. Colonien. — I. e. m. capit. et vassallis eccl. Monasterien.; clero et populo civit. et di.; Adolpho prædicto; Carolo Roman. imperat. (*A.* 155, f. 170[a].)

Ut s. T. VII[XXVI].

230. — *Adolphus*, el. Monasterien., transfertur ad archiepiscopat. Colonien., post obit. Willelmi per P. P. disposit. suæ reservatum. — I. e. m. capit., vassallis et suffraganeis eccl. Colonien.; clero et populo civit. et di.; Carolo Roman. imperat. (*A.* 155, f. 193[a].)

Ut s. T. III[XVIII].

231. — *Joannes*, prior priorat. de Benevento, O. S. B., Bituricen. di., fit abb. monast. de Millebeco, ord. et di. prædictorum, ante obit. Petri per P. P. disposit. suæ reservati; cassata prius ipsius electione quæ ignoranter a conv. celebrata, et a Rogerio archiep. o Bituricen. confirmata fuit. — I. e. m. conv. et archiep. o prædictis. (*A.* 155, f. 214[b].)

Ut s. T. III[XVIII].

232. — *Laurentius*, mon. et celerarius monast. de Salzeda, Cisterc. ord., Lamecen. di., fit abb. ejusd. monast., ante obit. Stephani ab Innocentio Papa VI disposit. apost. reservati; cassata prius ipsius electione quæ ignoranter a conv. celebrata, et a Joanne abb. Claraevallis, dicti ord., Lingonen. di., ejusd. de Salzeda patre abbate monast., confirmata fuit. — I. e. m. conv. et abb. prædictis. (*A.* 155, f. 217[b].)

Ut s. T. III[XVIII].

233. — *Petrus*, abb. monast. s. Petri de Aquilis, Cisterc. ord., Lamecen. di., fit abb. monast. B. M. de Melone, dicti ord. Tuden. di., ante obit. Stephani per P. P. disposit. suæ reservati; cassata prius ipsius electione ignoranter a conv. celebrata. — I. e. m. conv. ejusd. B. M., et abb. Claraevallis, dicti ord., Lingonen. di., monast. (*A.* 155, f. 218[a].)

22 jun. (X kal. jul.) *1363.* T. III[XVIII].

234. — *Joannes*, prior claustralis monast. Claraevallis, Cisterc. ord., Lingonen. di., fit abb. ejusd. monast. vac. ap. S. A. per translationem Joannis ad monast. Cisterceen., Cabilonen. di.; cassata prius ejusd. Joannis electione quæ per conv. ignoranter celebrata et auct. ordinaria confirmata fuit. — I. e. m. conv. Claraevallis, et Joanni abb. Cisterceen. monast. prædictorum. (*A.* 155, f. 74[b].)

26 jun. (VI kal. jul.) *1363.* T. XXIV.

235. — *Danieli*, ep. o Verden. in civitate Colonien. commoranti, mand. ut monast. de Rodeducis, O. S. A., Leodien. di., vac. per obit. Conradi, in abb. præficiat Christianum de Stega, a IV seu V can. ejusd. monast. jam electum, si electionem ipsius canonice celebratam invenerit, prout contradicunt alii ejusd. monast. can., qui, asse-

Datum *Avenione.*

rentes ipsum in prædicto monast. per laicalem potentiam se intrusisse, supplicarunt ut de Petro de Dedekem eid. monast. provideretur, alioquin ipsum Petrum, seu aliam pers. idoneam in ipsius monast. abb. præficiat. (*A.* 155, f. 74 a.)

Ut s. T. IIIXVI.

236. — *Rolandus*, præp. præposituræ de Blansiaco, O. S. B., Suessionen. di., fit abb. monast. s. Faronis Melden., dicti ord., ante obit. Reginaldi per P. P. disposit. apost. reservati. — I. e. m. conv. ejusd. monast.; ep. o Melden. (*A.* 155, f. 101 a.)

Ut s. Gr.

237. — *Stephanus*, prior claustralis monast. de Petrosa, Cisterc. ord., Petragoricen. di., fit abb. ejusd. monast. ante obit. Geraldi per P. P. disposit. suæ reservati, cassata prius ipsius electione quæ ignoranter a conv. celebrata, et a Joanne abb. Claræevallis dicti ord., Lingonen. di., patre abbate ejusd. de Petrosa monast., confirmata fuit. — I. e. m. conv. et Joanni abb. prædictis. (*A.* 155, f. 116 b.)

Ut s.

238. — *Partinus de Sallicibus*, mon. monast. s. Benedicti de Insula, ord. ejusd. sancti, Cuman. di., subdiaconus, fit abb. ejusd. monast., ante obit. Jacobi ab Innocentio Papa VI disposit. suæ reservati. — I. e. m. conv. ejusd. monast.; ep. o Cuman. (*A.* 155, f. 120 b.)

Ut s. Gr. pro Deo.

239. — *Christophorus de Ladede*, mon. monast. s. Petri prope Perusiam, O. S. B., fit abb. monast. S. M. de Petronio, dicti ord., Civitaliscastelli di., ante obit. Francisci per P. P. disposit. suæ reservati. — I. e. m. conv. ejusd. monast. S. M.; ep. o Civitatiscastelli. (*A.* 155, f. 197 a.)

Ut s. T. IIIXVIII.

240. — *Jacobus*, prior priorat. de Braigueyo, O. S. B., Eduen di., fit abb. monast. Melugden., dicti ord., Lingonen. di., ante obit. Aymonis per P. P. disposit. suæ reservati; cassata prius ipsius electione per conv. ignoranter celebrata. — I. e. m. eisd. conv. et ep. o Ligonen. (*A.* 155, 205 a.)

Ut s. T. IIXVIII.

241. — *Terricus*, can. monast. Calmosiacen., R. E. immediate subjecti, O. S. A., Tullen. di., fit abb. ejusd. monast., ante obit. Leotaldi ab Innocentio Papa VI disposit. apost. reservati; cassata prius ipsius electione quæ ignoranter a conv. celebrata et auct. ordinaria confirmata fuit. — I. e. m. conv. ejusd. monast. (*A.* 155, f. 216 a.)

3 (v non.) *jul. 1363.* T. IIIXVIII.

242. — *Franciscus*, mon. monast. s. Sixti Placentin., O. S. B., ad R. E. nullo medio pertin., fit abb. ejusd. monast., ante obit. Frederici per P. P. disposit. suæ reservati; cassata prius ejusd. Francisci electione per conv., reservat. hujusmodi forsan ignorantem, celebrata. — I. e. m. conv. et vassallis ejusd. monast. (*A.* 155, f. 72 b.)

Ut s. T. IIXVIII.

243. — *Petrus*, can. monast. s. Joannis de Salesia, Præmonstraten. ord., Sagien. di., fit abb. ejusd. monast., ante obit. Radulphi ab Innocentio Papa VI disposit. apost. reservati; cassata prius ejusd. electione quæ ignoranter a conv. celebrata et auct. ordinaria confirmata fuit. — I. e. m. eid. conv. (*A.* 155, f. 85 a.)

Ut s. T. VIXXII.

244. — *Julianus*, ep.us Nebien., transfertur ad eccl. Acernen., ante obit. Mathæi per P. P. disposit. apost. reservatam. — I. e. m. capit. et vassallis eccl. Acernen.; clero et populo civit. et di.; Joannæ reginæ Siciliæ. (*A.* 155, f. 98 b; *Eubel, op cit.* n. 876.)

Ut s. T. IIIXVIII.

245. — *Hugo*, prior priorat. de Chazeyo super Augonem, O. S. A., Andegaven. di., fit abb. monast. s. Georgii supra Ligerim, ord. et di. prædictorum, ante obit. Mauritii ab Innocentio Papa VI disposit. suæ reservati; cassata prius ipsius electione quæ ignoranter a conv. celebrata et a Guillelmo ep. o Andegaven. confirmata fuit. — I. e. m. conv. et ep. o prædictis. (*A.* 155, f. 120 a.)

Ut s. Gr. pro Deo.

246. — *Joannes*, prior claustralis monast. S. M. de Fenalibus, Cisterc. ord., Tuden. di., fit abb. monast. s. Petri de Aquilis, dicti ord., Lamecen. di., post translationem Petri ad abbatiam monast. S. M. de Mellone, ord. et Tuden. di. prædictorum. — I. e.

Datum *Avenione.*

m. conv. ejusd. s. Petri et abb. s. Joannis de Taranca. ord. et Lamecen. di. prædictorum monast. (A. 155, f. 180^{b}.)

5 (III non.) jul. 1363. T. VII^{XXII}.

247. — *Arnaldus*, ep. us Mirapiscen. tranfertur ad. eccl. Electen., ante obit. Guillelmi per P. P. disposit. suæ reservatam. — I. e. m. capit. et vassallis eccl. Electen.; clero et populo civit. et di.; archiep. o Narbonen.; Joanni R. F. (*A*. 155, f. 172^{a}.)

Ut s. T. VII^{XXII}.

248. — *Petrus*, ep. us Tullen., transfertur ad eccl. Mirapiscen., post translationem Arnaldi ad eccl. Electen. — I. e. m. capit. et vassallis eccl. Mirapiscen.; clero et populo civit. et di.; archiep. o Tolosan.; Joanni R. F. (*A*. 155, f. 175^{a}.)

Ut s. T. V^{XX}.

249. — *Antonius*, decanus eccl. Majoricen., leg. doct., fit ep. us ejusd. eccl. ante obit. Antonii per P. P. disposit. suæ reservatæ; cassata prius ipsius electione a capit. ignoranter celebrata. — I. e. m. capit. eccl. Majoricen.; clero et populo civit. et di.; Petro regi Aragonum. (*A*. 155, f. 178^{b}.)

14 (II id.) jul. T. III^{XVIII}.

250. — *Joannes*, abb. monast. s. s. Floræ et Lucillæ Aretin., O. S. B., fit abb. monast. B. M. Florentin., dicti ord., ad R. E. nullo medio pertin., ante obit. Francisci per P. P. disposit. suæ reservati. — I. e. m., conv. ejusd. monast. B. M. (*A*. 155, f. 71^{b}.)

Ut s. T. V^{XVIII}.

251. — *Jocelinus*, prior priorat. de Luciaco comitis, O. S. B., Pictaven. di., fit abb. monast s. Savini eorumd. ord. et di., ante obit. Hugonis per Innocentium P. P. VI disposit. apost. reservati; cassata prius ejusd. Jocelini electione quæ a conv. ignoranter celebrata et auct. ordinaria similiter confirmata fuit. — I. e. m. conv. et vassallis dicti monast.; ep. o Pictaven.; Edwardo regi Angliæ. (*A*. 155, f. 78^{a}.)

21 jul. (XII kal.) *aug. 1363.* T. VI^{XXIV}.

252. — *Bartholomæus*, ep. us olim Theatin., fit archiep. us eccl. Patracen., ante obit. Bonjoannis per P. P. disposit. suæ reservatæ. — I. e. m. capit., vassallis et suffraganeis eccl. Patracen.; clero et populo civit. et di. (*A*. 155, f. 68^{b}.)

Ut s. T. V^{XXIII}

253. — *Vitalis*, ep. us Esculan., transfertur ad eccl. Theatin., post translationem Bartholomæi ad archiepiscopat. Patracen. — I. e. m. capit. et vassallis eccl. Theatin.; clero et populo civit. et di.; Joannæ reginæ Siciliæ. (*A*. 155, f. 76^{b}.)

Ut s. T. V^{XX}.

254. — *Agapitus*, archid. Bononien. licent. in decr., Papæ cap., in min. ord. constitutus, fit ep. us eccl. Esculan., post translationem Vitalis ad eccl. Theatin. — I. e. m. capit. et vassallis eccl. Esculan.; clero et populo civit. et di. (*A*. 155, f. 83^{b}.)

Ut s. T. VII^{XX}.

255. — *Martinus*, cant. eccl. Zamoren., fit ep. us ejusd. eccl., cui jam el. fuerat a capit., licet ante obit. Alphonsi per P. P. disposit. suæ reservata fuisset. — I. e. m capit. et vassallis dictæ eccl.; clero et populo civit. et di. Zamoren.; archiep. o Compostellan.; Petro regi Castellæ et Legionis. (*A*. 155, f° 86^{a}.)

Ut s. Gr.

256. — *Petrus Raimundi*, ordr. fratr. B. M. de Montecarmeli, in sacra pagina mag., fit ep. us eccl. Nebien. post translationem Juliani ad eccl. Aversen. — I. e. m. clero et populo civit. et di. Nebien.; vassallis eccl. Nebien.; archiep. o Januen. (*A*. 155[1], ff. 88^{b}, 90^{b} et 93^{b}.)

Ut s. T. IV^{XX}.

257. — *Lucas*, archid. eccl. Camerinen., D. D., fit ep. us eccl. Nucerin. ante obit. Alexandri per P. P. disposit. suæ reservatæ. — I. e. m. capit. eccl. Nucerin.; clero et populo civit. et di. (*A*. 155, f. 91^{b}.)

Ut s. T. III^{XVI}.

258. — *Cristophorus*, mon. monast. Carævallis. Cisterc. ord., Mediolanen. di., fit abb., monast. S. M. de Parvalo, dicti ord., Januen. di., ante obit. Joannis per P. P.

1. Cette bulle se trouve trois fois dans le Registre d'Avignon; mais au f. 88^{b} on lit en marge, après I. e. m., *deficit pro capitulo;* au f. 90^{b} on lit *vacat*, et en marge: *alibi post.*

Datum *Avenione.*

disposit. suæ reservati. — I. e. m. conv. prædicto de Parvalo ; Jacobo abb. de Ripaalta. dicti ord., Terdonen. di., monast. (*A*. 155, f. 98 a.)

Ut s. T. III XVIII.

259. — *Simon*, sacrista monast. s. Leonardi de Ferreriis. O. S. B., Pictaven. di., fit abb. ejusd. monast. ante obit. Richardi per P. P. disposit. suæ reservati, cassata electione ipsius quæ per abb. et conv. monast. de Tironio. dicti ord., Carnoten. di., ad quos ab antiquo electio abb. prædicti monast. s. Leonardi pertinet. ignoranter celebrata. et auct. ord. confirmata fuit. — I. e. m. conv. monast. s. Leonardi prædicti ; Aimerico ep. o Pictaven. (*A*. 155, f. 109 a.)

Ut s. T. VI XX.

260. — *Joannes*. archidiac. eccl. Tullen., in subdiaconatus ord. constitutus, fit ep. us ejusd. eccl., post translationem Petri ad episcopat. Mirapiscen. — I. e. m. capit. et vassallis eccl. Tullen. ; clero et populo civit. et di. ; archiep.o Treveren. (*A*. 155, f. 198 b.)

Ut s. T. VI XX.

261. — *Joannes*, thesaur. eccl. Corphien., fit ep.us eccl. Ogentin., ante obit. Nicolai per P. P. disposit. suæ reservatæ. — I. e. m. capit. et vassallis eccl. Ogentin. ; clero et populo civit et di. ; archiep.o Idrontin. (*A*. 155. f. 201 a.)

Ut s. Gr. pro Deo.

262. — *Joannes Spcculi*, O. F. M., fit ep. us eccl. Mayerien., post obit. Nicolai per P. P. disposit. suæ reservatæ. — I. e. m. capit. eccl. Mayerien. ; clero et populo civit. et di. ; Kazimiro regi Poloniæ. (*A*. 155, f. 202 b ; *Eubel, op. cit.*, n. 880.)

24 jul. (IX kal. aug.) *1363.*

263. — *Ep. o Pictaven.* mand. ut Joannem Guillerii. priorem claustralem monast. B. M. de Asneris Bellay, O. S. B., Andegaven. di., si sit idoneus, præficiat in abb. ejusd. monast., post obit. Philippi abb., A. S. vac. defuncti. per P. P. disposit. suæ reservati. licet mon.i hujusmodi reserval. ignorantes eund. Joannem in ipsorum abb. elegerint. et Guillelmus. ep. us Andegaven. electionem ipsius confirmaverit. (*A*. 155. f. 80 a.)

Ut s. T. VI XXII.

264. — *Conradus*, decanus eccl. Osilien. fit ep. us ejusd. eccl., ante obit. Hermanni per P. P. disposit. suæ reservatæ ; cassata prius ipsius Conradis electione quæ ignoranter a capit. celebrata. et ab archiep. o Rigen. loci metropolitano confirmata fuit. — I. e. m. capit. et vassallis eccl. Osilien. ; clero et populo civit. et di. ; archiep. o Rigen. (*A*. 155, f. 81 a.)

Ut s. T. III XVIII.

265. — *Jacobus*, abb. monast. B. M. de Piro. O. S. B., Tervisin. di., transfertur ad abbatiam monast. s. s. Floræ et Lucillæ Aretin., dicti ord., post translationem Joannis ad monast. B. M. Florentin., ejusd. ord. — I. e. m. conv. monast. s. s. Floræ et Lucillæ prædicti ; ep. o Aretin. (*A*. 155. f. 83 a.)

Ut s. T. IV XXII.

266. — *Joannes*. ep. us Kissamen., fit ep. us eccl. Ortan., ad R. E. nullo medio pertin., post obit. Nicolai per P. P. disposit. apost. reservatæ. — I. e. m. capit. dictæ eccl. ; clero et populo civit. et di. Ortan. (*A*. 155. f. 89 b.)

Ut s. T. III XVIII.

267. — *Lapus de Trequanda*. mon. monast. s. Zenonis Pisan., Camaldulen. ord., fit abb. monast. s. Petri de Puteolis. dicti ord., Lucan. di., post translationem Roberti ad dictum monast. s. Zenonis. — I. e. m. conv. dicti monast. s. Petri. et priori Eremi Camaldulen., Aretin. di. (*A*. 155. f. 90 a.)

Ut s. T. IV XVI.

268. — *Lambertus de Molismis*. mon. monast. Cluniacen., Matisconen. di., fit abb. monast. B. M. de Piro. O. S. B., Tervisin. di., post translationem Jacobi ad monast. s. s. Floræ et Lucillæ Aretin. — I. e. m. conv. et vassallis dicti monast. B. M. ; patriarchæ Aquilegen. (*A*. 155. f. 95 b.)

Ut s. T. V XX.

269. — *Sergius*. archipr. eccl. B. M. de Molinaria. Beneventan. di., licent. in decr., in min. ord. constitutus. fit ep. us eccl. Ravellen. ante obit. Francisci disposit. apost.

Datum *Avenione.*

per P. P. reservatæ. — I. e. m. capit.[1] eccl. Ravellen. : populo civit. et di. : Joannæ reginæ Siciliæ. (*A*. 155, f. 97^a.)

Ut s. T. IV^{XVIII}.

270. — *Arnaldus*, abb. monast., de Elemosina, Cisterc. ord., Carnoten. di., transfertur ad abbatiam monast. B. M. de Gualdo, ad R. E. nullo medio pertin., O. S. B., Beneventan. di., ante obit. Nicolai per P. P. disposit. suæ reservati. — I. e. m. conv. et vassallis ejusd. monast. de Gualdo ; Joannæ reginæ Siciliæ. (*A*. 155, f. 190^b.)

Ut s. T. IV^{XX}.

271. — *Bonaventura Vannis*, O. F. M., fit ep. us eccl. Balneoregien., ante obit. Alamanni per P. P. disposit. suæ reservatæ. — I. e. m. capit. eccl. Balneoregien. ; clero et populo civit. et di. (*A*. 155, f. 195^a. *Eubel, op. cit.*, n. 881.)

Ut s. Gr. pro Deo.

272. — *Reginaldus*, mon. monast. B. M. de Insula, Cisterc. ord., Lucionen. di., fit abb. ejusd. monast., ante obit. Petri per P. P. disposit. suæ reservati : cassata prius ipsius electione quæ ignoranter a conv. celebrata, et a Guillelmo ep. o Lucionen. confirmata fuit. — I. e. m. conv. et ep. o prædictis. (*A*. 155, f. 197^b.)

4 (II non.) aug. *1363*. T. III^{XVI}.

273. — *Thomas*, prior priorat. s. Clementis Aretin., Camaldulen. ord., fit abb. monast. s. Salvatoris de Berardinga, Aretin. di., et s. Vigilii Senen., monast. invicem canonice unitorum, dicti ord., ante obit. Venturæ per P. P. disposit. suæ reservatorum. — I. e. m. conv. eorumd. monast., et priori Eremi Camaldulen., Aretin. di. (*A*. 155, f. 92^b.)

Ut s. T. II^{XVIII}.

274. — *Philippus*, prior priorat. s. Salvatoris de Potzali, O. S. B., Perusin. di., fit abb. monast. s. Petri Perusin., ad R. E. nullo medio pertin., dicti ord., ante obit. Cappoli per P. P. disposit. suæ reservati. — I. e. m. conv. ejusd. monast. (*A*. 155, f. 185^b.)

Ut s. T. III^{XVIII}.

275. — *Augustinus Aldobrandini*, mon. monast. S. M. Florentin., O. S. B., fit abb. monast. s. Miniatis ad Montem prope Florentiam, dicti ord., ante obit. Lapi per P. P. disposit. suæ reservati, cassata prius ipsius electione quæ a Philippo ep. o Florentin., ad quem ipsius monast. prov. pertinet, celebrata fuit. — I. e. m.[2] conv. ejusd. monast. s. Miniatis ; ep. o prædicto. (*A*. 155, f. 186^a.)

Ut s. T. III^{XVI}.

276. — *Sixtus*, sacrista monast. Farfen., ad R. E. nullo medio pertin., O. S. B., fit abb. ejusd. monast., ante obit. Alardi per P. P. disposit. suæ reservati ; cassata prius ipsius electione quæ a conv. ignoranter celebrata fuit. — I. e. m. conv. et vassallis ejusd. monast. (*A*. 155, f. 194^a.)

11 (III id.) aug. *1363*. T. IV^{XX}.

277. — *Jacobus de Assisio*, O. F. M., Papæ pœnitentiarius, fit ep. us eccl. Fundan. ante obit. Leonardi per P. P. disposit. suæ reservatæ. — I. e. m. capit. et vassallis eccl. Fundan. ; clero et populo civit. et di. (*A*. 155, f. 92^a. *Eubel, op. cit.*, n. 883.)

Ut s. T. V^{XX}.

278. — *Petrus*, can. eccl. Suellen., fit ep. us ejusd. eccl. ante obit. Guillelmi per P. P. reservatæ, cassata ipsius electione quæ a capit. ignoranter celebrata fuit. — I. e. m. capit. eccl. Suellen. ; clero et populo civit. et di. ; archiep. o Calaritan. ; Petro regi Aragonum. (*A*. 155, f. 110^b.)

Ut s. T. III^{XVI}.

279. — *Petrus de Ortis*, mon. monast. Cisterc̄en., Cabilonen. di., fit abb. monast. de Elemosina, Cisterc. ord., Carnoten. di., post translationem Arnaldi ad abbatiam monast. B. M. de Gualdo, O. S. B., Beneventan. di. — I. e. m. conv. de Elemosina et abb. Cistercen. monast. prædictorum. (*A*. 155, f. 185^a.)

Ut s. T. III^{XVIII}.

280. — *Joannes*, mon. monast. B. M. de Montisburgo, O. S. B., Constantien. di., fit abb. ejusd. monast., ante obit. Petri per P. P. disposit. suæ reservati ; cassata prius

1. En marge du R. A. on lit : attende duas litteras capitulo : elle est en effet répétée deux fois.
2. L'exécutoire porte la date : *non. aug.*

Datum *Avenione.*

ipsius electione quæ a conv. ignoranter celebrata fuit. — I. e. m. conv. ejusd. monast. ; ep. o Constantien. (*A.* 155, f. 189 b.)

Ut s. T. IIIXVI.

281. — *Joannes*, prior prioratus s. Salvatoris, O. S. B., Lingonen. di., licent. in decr., fit abb. monast. B. M. de Lonleyo, dicti ord., Cenomanen. di., ante obit. Petri per P. P. disposit. suæ reservati. — I. e. m. conv. ejusd. monast. ; ep. o Cenomanen. (*A.* 155, f. 191 a.)

Ut s. Gr. pro Deo.

282. — *Philippus*, ep.us Minoren., transfertur ad eccl. Anglonen., ante obit. Ricardi per P. P. disposit. suæ reservatam. — I. e. m. capit. et vassallis eccl. Anglonen. ; clero et populo civit. et di. ; archiep. o Acerontin. ; Joannæ reginæ Siciliæ. (*A.* 155, f. 201 b.)

Ut s. T. IIIXVI.

283. — *Joannes Recchi*, mon. monast. s. Bartholomæi Fesulan., O. S. B., fit abb. monast. s. Gaudentii, dicti ord., Fesulan. di., ante obit. Petri per P. P. disposit. suæ reservati. — I. e. m. conv. dicti monast. s. Gaudentii ; ep. o Fesulan. (*A.* 155, f. 216 a.)

Ut s. T. IIIXVI.

284. — *Guillelmus Cucherla*, mon. monast. S. M. de Quertizola, Cisterc. ord., Placentin. di., fit abb. ejusd. monast., ante obit. Antonii ab Innocentio Papa VI disposit. suæ reservati. — I. e. m. conv. ejusd. et abb. de Columba, eorumd. ord. et di., monast. (*A.* 155, f. 223 a.)

18 aug. (xv kal. sept.) *1363.* T. IIIXVI.

285. — *Bartholomæus Bartholomæi*, mon. monast. B. M. Vallisumbrosæ, ord. Vallisumbrosæ, Fesulan. di., fit abb. monast. s. s. Trinitatis et Mustiolæ de Turri, dicti ord., Senen. di., ante obit. Gutii per P. P. disposit. suæ reservati. — I. e. m. conv. ejusd. de Turri, et abb. B. M. monast. prædictorum. (*A.* 155, f. 114 a.)

Ut s. Gr.

286. — *Guillelmus*, mon. monast. Elnarum, Cisterc. ord., Tolosan. di., fit abb. ejusd. monast., ante obit. Arnaldi per P. P. disposit. suæ reservati, cassata prius ipsius electione quæ ignoranter a conv. celebrata et a Bernardo abb. Berdonarum, dicti ord., Auxitan. di., patre abbate ejusd. Elnarum monast., confirmata fuit. — I. e. m. conv. et Bernardo prædictis. (*A.* 155, f. 116 a.)

Ut s. T. IIIXVI.

287. — *Joannes*, prior priorat. de Granchiisregis, O. S. A., Carnoten. di., licent. in decr., fit abb. monast. s. Joannis in Valleya Carnoten., dicti ord., ante obit. Joannis per P. P. disposit. suæ reservati. — I. e. m. conv. ejusd. monast. ; ep. o Carnoten. (*A.* 155, f. 195 b.)

Ut s. T. IVXVIII.

288. — *Geraldus*, abb. monast. s. Petri ad Montes Cathalaunen., O. S. B., transfertur ad abbatiam monast. Majorismonasterii Turonen., ad R. E. nullo medio pertin., dicti ord., ante obit. Petri per P. P. disposit. suæ reservati. — I. e. m. conv. et vassallis ejusd. Majorismonasterii ; Joanni R. F. (*A.* 155, f. 196 a.)

1 (kal.) *sept. 1363.* T. IIXVIII.

289. — *Constantius de Ererio*, mon. monast. s. Petri in Bonaria, in Trevio, O. S. B., Spoletan. di., fit abb. ejusd. monast. ante obit. Ægidii per P. P. disposit. suæ reservati. — I. e. m. conv. ejusd. monast. ad R. E. nullo medio pertin. (*A.* 155, f. 99 b.)

Ut s. T. VXVIII.

290. — *Mathæus*, abb. monast. s. Joannis in Lamis, Cisterc. ord., Sipontin. di., transfertur ad monast. Casænovæ, dicti ord., Pennen. di., ante obit. Marini per P. P. disposit. suæ reservati. — I. e. m. conv. et vassallis ejusd. Casænovæ ; abb. s. Anastasii prope Urbem monast., dicti ord. ; Joannæ reginæ Siciliæ. (*A.* 155, f. 106 a.)

Ut s. T. XXII.

291. — *Petrus*, ep. us Vulteran., transfertur ad eccl. Florentin., ante obit. Philippi per P. P. disposit. suæ reservatam. — I. e. m. capit. eccl. Florentin. ; clero et populo civit. et di. (*A.* 155, f. 192 b.)

Ut s. T. IIIXVI.

292. — *Joannes*, prior priorat. s. Martini in Valle Carnoten., O. S. B., in theol. mag., fit abb. monast. s. Petri ad Montes Cathalaunen., dicti ord., post translationem

Datum *Avenione.*

Petri ad abbatiam monast. Majorismonasterii prope Turonis, dicti ord. — I. e. m. conv. ejusd. monast. s. Petri ; ep. o Cathalaunen. (*A*. 155. f. 199 b.)

2 (VI non.) *oct. 1363.* T. III^{XVI}.

293. — *Guido*, decanus monast. Psalmodien., O. S. B., Nemausen. di., fit abb. monast. Crassen., ad R. E. nullo medio pertin., dicti ord., Carcassonen. di., vac. per obit. ap. S. A. Raimundi.— I. e. m. conv. et vassallis dicti monast. Crassen. ; Joanni R. F. (*A*. 155, f. 95 a.)

Ut s. Gr. pro Deo.

294. — *Petrus Geraudi*. mon. monast. Senbance. Cisterc. ord., Cavallicen. di., fit abb. monast. Silvacan., dicti ord., Aquen. di., post translationem Armandi ad abbatiam monast. de Campisbonis, dicti ord., Vivarien. di. — I. e. m. conv. ejusd. Silvacan., et abb. Bonævallis, Ruthenen. di., monast. (*A*. 155. f. 216 b.)

6 (II non.) *oct. 1363.* T. III^{XVI}.

295. — *Helias de Bidoto*, mon. monast. de Bellapertica. Cisterc. ord., Montisalban. di., fit abb. monast. de Cadunio, dicti ord., Sarlaten. di., ante obit. Hugonis per P. P. disposit. suæ reservati. — I. e. m. conv. ejusd. monast. de Cadunio ; ep. o Sarlaten. (*A*. 155, f. 105 b.)

Ut s. T. III^{XX}.

296. — *Bartholomæus de Mediolano*, O. S. A., fit ep. us eccl. Calamonen., post obit. Angeli per P. P. disposit suæ reservatæ. — I. e. m. capit. eccl. Calamonen. ; populo civit. et di. (*A*. 155, f. 209 a.)

Ut s. T. IV^{XVI}.

297.— *Jacobus*, sacrista monast. s. Nicolai de Casulis. ord. s. Basilii. Idrontin. di., fit abb. ejusd. monast., ante obit. Blasii per P. P. disposit. suæ reservati ; supplic. conv. ejusd. monast. — I. e. m. conv. prædicto ; archiep. o Idrontin. ; Joannæ reginæ Siciliæ. (*A*. 155. f. 211 a.)

Ut s. T. III^{XVI}.

298. — *Raimundus*, prior priorat. de Girochouchis, O. S. A., Albien. di., fit abb. monast. s. Amandi, dicti ord., Sarlaten. di., ante obit. Petri per P. P. disposit. suæ reservati. — I. e. m. conv. ejusd. monast. ; ep. o Sarlaten. (*A*. 155, f. 212 b.)

12 (IV id.) *oct. 1363.* T. III^{XVI}.

299. — *Jeronimus natus quond. Nicolai de Podiobonisi*, can. prioratus conventualis, alias monasterii nuncupati, s. Fridiani Lucan., ad R. E. nullo medio pertin., O. S. A., fit prior ejusd. priorat., post obit. Stephani Joannelli per P. P. disposit. suæ reservati. — I. e. m. conv. et vassallis ejusd. priorat. (*A*. 155. f. 206 a.)

13 (III id.) *oct. 1363.* T. IV^{XVI}.

300. — *Petrus*, prior priorat. de Togeto. Cluniac. ord., Lomberien. di., D. D., fit abb. monast. s. Petri Montismajoris, R. E. immediate subjecti. O. S. B., Arelaten. di., per obit. ap. S. A. Ludovici vac.— I. e. m. conv. et vassallis ejusd. monast. ; Joannæ reginæ Siciliæ. (*A*. 155, f. 100 a.)

Ut s.

301.— *Jacobus de Mutis*, can. Ostien., Papæ cap., causarumque palatii apost. auditor, leg. doct., fit ep. us eccl. Marsican., ante obit. Thomasii per P. P. disposit. apost. reservatæ. — I. e. m. capit. et vassallis eccl. Marsican. ; clero et populo civit. et di. ; Joannæ reginæ Siciliæ. (*A*. 155. f. 102 a.)

16 oct. (XVII kal. nov.) *1363.* T. V^{XX}.

302.— *Nicolaus de Serpito*, O. F. M., fit ep. us eccl. Avellinen., ante obit. Raimundi per P. P. disposit. suæ reservatæ, supplic. capit. ipsius eccl. — I. e. m. eisd. capit., clero et populo civit. et di. Avellinen. ; archiep. o Beneventan. (*A*. 155. f. 211 b ; *Eubel, op cit.*, n. 892.)

Ut s. T. IV^{XVIII}.

303. — *Antonius*, prior priorat. s. Petri de Tramotula, O. S. B., Salernitan. di., fit abb. monast. s. Angeli Vulturen., ad R. E. nullo medio pertin., dicti ord. Rapollan. di., ante obit. Guidonis per P. P. disposit. suæ reservati. — I. e. m. conv. et vassallis ejusd. monast. ; Joannæ reginæ Siciliæ. (*A*. 155, f. 213 a.)

Ut s. T. V^{XVI}.

304. — *Nectarius de Taurisano*, mon. monast. s. s. Petri et Andreæ de Insulaparva, ord. s. Basilii, Tarentin. di., fit abb. ejusd. monast., ante obit. Mileti per P. P. dis-

Datum *Avenione.*

posit. suæ reservati.— I. e. m. conv. et vassallis ejusd. monast. ; archiep. o, Tarentin. ; Joannæ reginæ Siciliæ. (*A*. 155. f. 220 [a].)

19 oct. (xiv kal. nov.) *1363.* T. II^{XVI}.

305. — *Robertus natus quond. Doffini de Piscia*, frater hospitalis s. Jacobi de Altopassu, ad R. E. nullo medio pertin., O. S. A., Lucan. di., fit magister ejusd. hospitalis post obit. Jacobi per P. P. disposit. suæ reservati. — I. e. m. univ. fratribus ejusd. hospitalis. (*A*. 155, f. 207 [b].)

20 oct. (xiii kal. nov.) *1363.* Gr. pro Deo.

306. — *Antonius*, mon. monast. B. M. de Strata, Cisterc. ord., Bononien. di., fit abb. ejusd. monast., ante obit. Jeronimi per P. P. disposit. suæ reservati ; cassata prius ipsius electione quæ ignoranter a conv. celebrata fuit. — I. e. m. conv. ejusd. et abb. S. M. de Columba dicti ord., Placentin. di.. monast. (*A*. 155. f. 204 [b].)

Ut s. T. V^{XVI}.

307. — *Antonius Guillelmi de Castello*, mon. monast. s. Clementis in Piscaria, O. S. B., Theatin. di., fit abb. monast. s. Nicolai in Trotino. dicti ord., Apruntin di.. post translationem Francisci ad abbatiam monast. s. Modesti Beneventan. dicti ord. — I. e. m. conv. et vassallis ejusd. monast. s. Nicolai ; ep. o Casinen. ; Joannæ reginæ Siciliæ. (*A*. 155. f. 205 [b].)

Ut s. Gr. pro Deo.

308. — *Conradus Jacobi*, mon. monast. s. Nicolai de Auximo, O. S. B., Auximan. di.. fit abbas ejusd. monast.. ante obit. Joannis per P. P. disposit. suæ reservati. — I. e. m. ep. o Auximan. (*A*. 155, f. 206 [b].)

25 oct. (viii kal. nov.) *1363.* T. III^{XVI}.

309. — *Rigaldus de Galliaco*, mon. monast. Bonævallis, Cisterc. ord., Ruthenen. di., fit abb. ejusd. monast.. ante obit. Deodati per P. P. disposit. suæ reservati. — I. e. m. conv. ejusd., et abb. Mansiadæ, dicti ord., Vivarien. di., monast. (*A*. 155, f. 107 [b].)

Ut s. T. III^{XVI}.

310. — *Joannes Macri*, mon. monast. B. M. de Grestano, O. S. B., Lexovien. di., fit abb. ejusd. monast. post obit. Joannis per P. P. disposit. suæ reservati. — I. e. m. conv. ejusd. monast. ; ep. o Lexovien. (*A*. 155, f. 110 [a].)

Ut s. T. V^{XVI}.

311. — *Philippus Rizari*, mon. monast. B. M. de Lichodia, O. S. B.. Cathanien. di., fit abb. ejusd. monast. post. obit. Jacobi per P. P. disposit. suæ reservati. — I. e. m. conv. dicti monast. [1]; ep. o Cathanien [2]. (*A*. 155, f. 111 [a].)

Ut s. T. VII^{XXIV}.

312. — *Simon*, abb. monast. s. Nicolai Andegaven., O. S. B., fit archiep. us eccl. Turonen.. ante obit. Philippi per P. P. disposit. suæ reservatæ. — I. e. m. capit., vassallis et suffraganeis eccl. Turonen. ; clero et populo civit. et di. ; Joanni R. F. (*A*. 155, f. 203 [b].)

Ut s. T. IV^{XVI}.

313. — *Carolus de Saxoferrato*, mon. monast. s. Crucis de Saxoferrato. O. S. B., Camerinen. di., fit abb. monast. s. Laurentii de Adversa, ad R. E. nullo medio pertin., O. S. B., Adversan. di.. ante obit. Petri per P. P. disposit. suæ reservati. — I. e. m. conv. et vassallis dicti monast. s. Laurentii ; Joannæ reginæ Siciliæ. (*A*. 155. f. 219 [a].)

27 oct. (vi kal. nov.) *1363.* T. III^{XVIII}.

314. — *Ricardus*, mon. monast. de Albotractu. Cisterc. ord.. Corkagen. di., fit abb. ejusd. monast. ante obit. Thomæ per P. P. disposit. suæ reservati ; cassata prius ipsius electione quæ per conv. ignoranter celebrata fuit. — I. e. m. conv. ejusd., et abb. de Alblanda dicti ord., Meneven. di.. monast. (*A* 155. f. 115 [a].)

Ut s. T. III^{XVI}.

315. — *Nicolaus Lucæ*. mon. monast. s. Pastoris, Cisterc. ord., Reatin. di., fit abb. ejusd. monast.. ante obit. Petri per P. P. disposit. suæ reservati. — I. e. m. conv. prædicti s. Pastoris, et abb. Casænovæ. dicti ord., Pennen. di.. monast. (*A*. 155. f. 208 [a].)

Ut s. T. III^{XVI}.

316. — *Thomas de Collatoriis*, mon. monast. s. Remigii Senonen.. O. S. B.. fit abb. ejusd. monast. ante obit. Gerardi per P. P. disposit. suæ reservati. — I. e. m. conv. ejusd. monast. ; archiep. o Senonen. (*A*. 155, f. 214 [a].)

1-2. Répétée deux fois.

Datum *Avenione.*

Ut s.
T. III^{XVI}.

317. — *Joannes Davidis*, can. monast. de Hermeriis, Præmonstraten. ord., Parisien. di., fit abb. ejusd. monast., ante obit. Joannis per P. P. disposit. suæ reservati. — I. e. m. conv. ejusd. et abb. Præmonstraten., Laudunen. di., monast. (*A*. 155, f. 219 b.)

30 oct. (III kal. nov.) *1363.*
T. III^{XVI}.

318. — *Petrus de Neapoli*, mon. monast. s. Petri de Capriola, O. S. B., Surrentin. di., fit abb. monast. s. Salvatoris Surrentin., dicti ord., ante obit. Thomæ per P. P. disposit. suæ reservati. — I. e. m. conv. dicti monast. s. Salvatoris ; archiep. o Surrentin. (*A*. 155, f. 104 a.)

Ut s.
T. XXX.

319. — *Ep. o Carnoten.* mand. ut Nicolaum de Caudis, priorem claustralem monast. B. M. Magdalenæ de Castroduno, O. S. A., Carnoten. di., si sit idoneus, præficiat in abb. ejusd. monast. ante obit. Joannis per P. P. disposit. suæ reservati, licet contra hujusmodi reservat. mon. ipsum jam elegerint. (*A*. 155, f. 107 a.)

Ut s.
T. V^{XX}.

320. — *Joannes Jacobi Modeli de Trajecto*, can. eccl. s. Petri de Trajecto, Gajetan. di., clericali dumtaxat caractere insignitus, fit ep. us eccl. Anagnin., ante obit. Petri per P. P. disposit. suæ reservatæ, cassata prius postulatione ejusd. Joannis a capit. facta contra reservat. hujusmodi. — I. e. m. capit. et vassallis eccl. Anagnin., clero et populo civit. et di. (*A*. 155, f. 108 a.)

Ut s.
T. XVI.

321. — *Angelus*, mon. monast. s. Luciæ in Rasa, O. S. B., Urbevetan. di., fit abb. ejusd. monast. ante obit. Francisci per P. P. disposit. suæ reservati, cassata prius ipsius electione per conv. ignoranter celebrata. — I. e. m. conv. ejusd. monast. ; ep. o Urbevetan. (*A*. 155, f. 111 b.)

Ut s.
T. III^{XVI}.

322. — *Angelus Nalli*, mon. monast. s. Nicolai de Campolongo, O. S. B., Assisinaten. di., fit abb. ejusd. monast. ante obit. Francisci per P. P. disposit. suæ reservati. — I. e. m. conv. ejusd. monast. ; ep. o Assisinaten. (*A*. 155, f. 113 a.)

Ut s.
T. III^{XVIII}.

323. — *Bertrandus*, abb. monast. s. Severini de Castronautis, O. S. A., Senonen. di., transfertur ad abbatiam monast. s. Petri ad Aram Neapolitan., ad R. E. nullo medio pertin., dicti ord., vac. per obit. ap. S. A. Hugonis s. Laurentii in Damaso presb. card. — I. e. m. conv. dicti monast. s. Petri ; Joannæ reginæ Siciliæ. (*A*. 155, f. 212 a.)

Ut s.
T. III^{XVIII}.

324. — *Clemens de Farentia*, mon. monast. S. M. in Cesmodin., O. S. B., Ravennaten. di., fit abb. monast. s. Bartholi de Petrolio, dicti ord., Eugubin. di., ante obit. Philippi per P. P. disposit. suæ reservati. — I. e. m. conv. dicti monast. s. Bartholi ; ep. o Eugubin. (*A*. 155, f. 217 a.)

3 (III non.) *nov. 1363.*
T. VII^{XX}.

325. — *Joannes Anglici*, can. eccl. Alexanen., alias Leucaden. nuncupatæ, fit ep. us ejusd. eccl., post obit. Joannis per P. P. disposit. suæ reservatæ. — I. e. m. capit. et vassallis eccl. Alexanen. ; clero et populo civit. et di. ; archiep. o Idrontin. ; Joannæ reginæ Siciliæ. (*A*. 155, f. 112 a.)

Ut s.
Gr.

326. — *Guillermus*, ep. us Scardonen., transfertur ad eccl. Capritan., post obit. Jacobi per P. P. disposit. suæ reservatam. — I. e. m. clero et populo civit. et di. Capritan. ; archiep. o Amalfitan. ; Joannæ reginæ Siciliæ. (*A*. 155, f. 118 b.)

Ut s.
T. III^{XVIII}.

327. — *Jordanus*, abb. monast. de Ceraseyo, O. S. B., Bajocen. di., transfertur ad abbatiam monast. s. Nicolai in Litore Venetiarum, dicti ord., Castellan. di., vac. per translationem Joannis ad dictum monast. de Ceraseyo. — I. e. m. conv. ejusd. monast. s. Nicolai ; ep. o Castellan. (*A*. 155, f. 208 a.)

Ut s.
T. V^{XVIII}.

328. — *Joannes*, abb. s. Nicolai in Litore Venetiarum, O. S. B., Castellan. di., transfertur ad abbatiam monast. de Ceraseyo, dicti ord., Bajocen. di., vac. per translationem Jordani ad dictum monast. s. Nicolai. — I. e. m. conv. et vassallis ejusd. monast. de Ceraseyo ; ep. o Bajocen. ; Joanni R. F. (*A*. 155, f. 208 b.)

Datum *Avenione*.

Ut s.
T. III^{XVIII}.

329. — *Joannes*, prior priorat. de Lucello, O. S. A., Cenomanen. di., fit abb. monast B. M. de Vadatio, eorumd. ord. et di., ante obit. Philippi ab Innocentio Papa VI disposit. suæ reservati ; cassata prius ipsius electione quæ ignoranter a conv. celebrata. et a Michaele ep. o Cenomanen. confirmata fuit. — I. c. m. conv. et ep. o prædictis. (A. 155, f. 220 b.)

Date illisible.
T. III^{XVI}.

330. — *Galvannus de Malguizardes*, mon. monast. s. Petri Mutinen., O. S. B., fit abb. ejusd. monast., post obit. Philippi disposit. apost. per P. P. reservati. — I. c. m. conv. ejusd. monast. ; ep. o Mutinen. (A. 155, f. 140 a.)

DE BENEFICIIS VACANTIBUS

Datum *Avenione.*

8 (vi id.) *nov. 1362.*

331. — *Dilecto filio Petro de Sibona archidiacono Lodoven., in utroque iure licentiato, salutem* etc. Rationi congruit et convenit honestati ut ea que de gratia processerunt Romani Pontificis licet eius superveniente obitu super eis littere apostolice confecte non fuerint suum consequantur effectum.

Dudum siquidem felicis recordationis Innocentius Papa VI predecessor noster omnes dignitates personatus et officia ceteraque beneficia ecclesiastica que promovendi per eum ad cathedralium ecclesiarum regimina tempore promotionis huiusmodi obtinerent cum ea quovis modo vacare contigeret collationi et dispositioni sue reservavit decernendo extunc irritum et inane si secus super hiis a quodam quavis auctoritate scienter vel ignoranter contigeret attemptari. Cumque postmodum archidiaconatus ecclesie Lodoven. quem venerabilis frater noster Berengarius, episcopus Conseranen., tempore promotionis de ipso facte per eundem predecessorem ad ecclesiam Conseranen. tunc pastore carentem, obtinebat per huiusmodi promotionem et munus consecrationis eidem episcopo de mandato eiusdem predecessoris extra Romanam curiam impensum vacavisset et vacaret tunc. nullusque preter eundem predecessorem de ipso archidiaconatu ea vice disponere potuisset neque posset, reservatione et decreto obsistantibus *(sic)* supradictis idem predecessor volens tibi apud eum de litterarum scientia vite ac morum honestate aliisque probitatis et virtutum meritis fidedignorum testimonio commendato, pro quo etiam venerabilis frater noster Aymericus, episcopus Lodoven., asserens te dilectum officialem suum Lodoven. eidem predecessori super hoc humiliter supplicavit, premissorum intuitu gratiam facere specialem teque in eadem ecclesia Lodoven., cuius canonicus existebas amplius honorare, dictum archidiaconatum sic vacantem cum omnibus iuribus et partinentiis suis videlicet idibus iulii pontificatus ipsius predecessoris anno decimo, apostolica tibi auctoritate contulit, et de illo etiam providit decernens prout erat irritum et inane si secus super hiis a quoquam quavis auctoritate scienter vel ignoranter attemptatum forsan erat tunc, vel contigeret in posterum attemptari. Non obstantibus quibuscumque statutis et consuetudinibus ipsius ecclesie Lodoven. contrariis, iuramento, confirmatione apostolica vel quacumque firmitate alia roboratis. Aut si aliqui super provisionibus sibi faciendis de dignitatibus, personatibus vel officiis in dicta ecclesia speciales vel aliis beneficiis ecclesiasticis in illis partibus generales apostolice sedis vel legatorum eius litteras impetrassent, etiam si per eas ad inhibitionem, reservationem et decretum vel alias quomodolibet esset processum. quibus omnibus te in assecutione dicti archidiaconatus idem predecessor voluit anteferri. Sed nullum per hoc eis quo ad assecutionem dignitatum, personatuum vel officiorum ac beneficiorum aliorum preiudicium generari. Seu si episcopo qui est pro tempore et dilectis filiis capitulo Lodoven. vel quibusvis aliis communiter vel divisim a predicta esset sede indultum quod ad receptionem vel provisionem alicuius minime tenerentur et ad id compelli non possent, quodque de dignitatibus, personatibus vel officiis aut aliis beneficiis ecclesiasticis ad eorum collationem, provisionem, presentationem seu quamvis aliam dispositionem coniunctim vel separatim spectantibus nulli valeret provideri per litteras apostolicas non facientes plenam et expressam ac de verbo ad verbum de indulto huiusmodi mentionem, et qualibet alia dicte sedis indulgentia generali vel speciali cuiuscumque tenoris existeret per quam ipsius predeces-

Datum *Avenione.*

8 nov. 1362.

soris, si super hiis confecte fuissent, litteris non expressam vel totaliter non insertam effectus earum impediri posset quomodolibet vel differri et de qua cuiusque toto tenore habenda foret in ipsis litteris mentio specialis. Aut si presens non esses ad prestandum de observandis statutis et consuetudinibus eiusdem ecclesie Lodoven. ratione dicti archidiaconatus solitum iuramentum dummodo in absentia tua per procuratorem idoneum et cum ad ecclesiam ipsam accederes corporaliter illud prestares. Seu quod in eadem Lodoven. sub expectatione prebende et in sancti Dyonisii Exoldunen. cum prebenda canonicatus et in de Castravicecomitis, Bituricen. diocesis, unam et in sancti Johannis Evangeliste Bituricen. ecclesiis aliam perpetuas capellanias obtinebas. Voluit autem dictus predecessor quod quamprimum vigore gratie predicte dictum archidiaconatum fores pacifice assecutus, canonicatum et prebendam ecclesie sancti Dyonisii et perpetuas capellanias predictas quos extunc vacare decrevit, prout ad id te sponte obtulisti dimittere tenereris, quodque littere dicti predecessoris per quas prebendam in dicta Lodoven. ecclesia expectabas et processus habiti per easdem et quecumque inde secuta quoad ad ipsam prebendam dumtaxat essent cassa et irrita ac nullius existerent roboris vel momenti. Ne autem pro eo quod supra dicta gratia eiusdem predecessoris littere eius superveniente obitu confecte non fuerunt huiusmodi gratie frustreris effectu, volumus et apostolica auctoritate decernimus quod dicta gratia a predicto die videlicet idus iulii plenum robur firmitatis obtineat et perinde sortiatur effectum ac si eiusdem predecessoris littere sub ipsius diei data confecte fuissent prout superius enarratur, quodque presentes littere ad probandum plene gratiam supradictam ubique sufficiant, nec ad id alterius probationis adminiculum requiratur. Nulli ergo omnino hominum liceat hanc paginam nostre voluntatis et constitutionis infringere vel ei ausu temerario contraire. Si quis autem hoc attemptare presumpserit indignationem omnipotentis Dei et beatorum Petri et Pauli apostolorum eius se noverit incursurum. Datum Avinione VI idus novembris pontificatus nostri anno primo. — *In eodem modo.... dilectis filiis decano sancti Agricoli Avenionen., et Guidoni de Pestello Ruthenen. ac Johanni Guioti Bituricen. canonicis ecclesiarum, Salutem* etc. Rationi congruit et convenit *usque* requireretur *(sic)*. Quocirca discretioni vestre per apostolica scripta mandamus quatinus vos vel duo aut unus vestrum per vos vel alium seu alios eundem Petrum vel procuratorem suum eius nomine in corporalem possessionem archidiaconatus ac iurium et predictorum pertinentiarum inducatis auctoritate nostra et defendatis inductum amoto exinde quolibet detentore, facientes eum vel dictum procuratorem pro eo ad dictum archidiaconatum ut est moris admitti sibique de ipsius archidiaconatus fructibus redditibus proventibus iuribus et obventionibus universis integre responderi, non obstantibus omnibus supradictis. Seu si episcopo et capitulo vel quibusvis aliis communiter vel divisim a dicta sit sede indultum quod interdici suspendi vel excommunicari non possint per litteras apostolicas non facientes plenam et expressam ac de verbo ad verbum de indulto huiusmodi mentionem. Contradictores auctoritate nostra appellatione postposita compescendo. Datum ut supra. (*A*. 151, f. 1ᵃ.)

Ut s.
T. XII 1/2, XIV 1/2

332. — *Silvano, nato quond. Petri de Senis,* collat. canon., præb. et archidiac. eccl. Cortonen., vac. per consecrat. Joannis ep. i Theanen. non obst. curata eccl. S. Quirici Senen. — I. e. m. S. Salvatoris de Bernardinga et S. Eugenii Aretin. et Senen. di. monast. abb. ac decano eccl. S. Agricoli Avinionen.; (II kal. sept., Innocentii Papæ VI a. X), (*A*. 151, f. 1ᵇ.)

Ut s
T. XIII, XV.

333. — *Willelmo de Boldwin* collat. archidiac. de Kermerdyn in eccl. Meneven.,

Datum *Avenione.*

8 nov. 1362.

vac. per obit. David. Martini ap. S. A. defuncti; (non aug. Innocentii Papæ VI a. X). — I. e. m. de Haverfordia et de Ponibrochia monast. prioribus, Meneven. di., ac decano S. Agricoli Avinionen. (*A.* 151, f. 4ª.)

Ut s. T. X, XV 1/2.

334. — *Hugoni Dalphini* collat. canon. et archidiac. Brivaten. in eccl. Claromonten., vac. per. obit. ap. S. A. Petri ep. i Ostien. non obst. canon. et præb. Brivaten. et abbatia quæ est dignitas sæcularis S. Genesii S. Flori et Claromonten. di. eccl. — I. e. m. ep. o Convenar. et decano eccl. S. Agricoli Avenion. ac officiali Claromonten. (*A.* 151, f. 12ª.)

Ut s. T. XVIII.

335. — *Priori s. Michaelis Berteldi Florentin., et præp. s. Stephani de Prato Pistorien. di.*, mand. ut Frescho Bellifortis, presb. Florentin., conferant plebanatum curatæ et colleg. plebis s. Martini de Vado, Fesulan. di., vac. per obit. Thamani de Mantino, et propter diutinam vacationem S. A. collat. devolutum; (VI kal. aug., Innocentii Papæ VI a. X). (*A.* 151, f. 15ᵇ.)

Ut s. T. XV, XVII.

336. — *Bertrando de Villanio* conf. archidiac. de Lautrico in eccl. Albien., vac. per obit. ap. S. A. Bernardi s. Eustachii diac. card.; sequitur dispens. super defectu ætatis (19 an.) — I. e. m. decano S. Agricoli Avinionen. et Ulrico Seguini can. Vauren. eccl. ac officiali Albien.; (VI kal. jul., Innocentii Papæ VI a. X). (*A.* 151, f. 20ª.)

Ut s.

337. — *Ep. o Civitatis castelli*, mand. ut Arrigo nato Joannis Donati, cler. Pistorien., conferant præposituram eccl. Pistorien., vac. per obit. Jacobi de Pistorio, litterarum pœnitentiariæ A. S. scriptoris; (V non. maii, Innocentii Papæ VI a. X(. (*A.* 151, f. 23ᵇ.)

Ut s.

338. — *Præp. monast. Lauxisen., per præp. soliti gub., Maguntinen. di., et decano ac Henrico Wacherplyl, can. eccl. Wormatien.*, mand. ut Killungo de Carbach conferant decanatum parroch. eccl. in Kelelulg. Maguntin. di., (3 march. arg.), vac. per obit. Simonis de Luera; non obst. in eccl. Nuhusen. extra muros Wormatien. canon, et præb., et in capella S. Stephani Wormatien. quodam perp. benef. s. c.; (IV id. maii, Innocentii Papæ XI a. X). (*A.* 151, f. 33ᵇ.)

Ut s. T. XXIV.

339. — *Officiali Tolosan.* mand. ut Joanni de Cosnaco, baccal. in leg., conferat archipresb. de Brinasaco, Lemovicen. di., vac. per obit. Petri de Cayssaco, non obst. in Lomberien. et Baiocen. eccl. canon. et præb.; (kal. jun., Innocentii Papæ VI a. X), (*A.* 151, f. 40ª.)

Ut s. T. XXIII.

340. — *Præp. eccl. Florentin.* mand. ut Sandro Palmerii conferat plebanatum curatæ et colleg. plebis S. M. de Monteavignario, Fesulan. di., (15 flor. auri), vac. per consecrat. Petri ep. i Vulteran. non obst. quadam perp. capell. in eccl. S. Petri majoris Florentin.; (XIX kal. sept., pontificatus Innocentii Papæ VI a. X). (*A.* 151, f. 60ᵇ.)

Ut s. T. XV, XVII.

341. — *Joanni, nato n. v. Conradi comitis Gavalentini*, collat. canon., præb. et præposituræ eccl. Argentinen., vac. per obit. Lucoldi. non obst. pluribus benef. s. c. ad collat. archiep. i et capit. Neapolitan., ac canon. sub. exp. præb. in eadem eccl. — I. e. m. Avenionen. et Nemausen. ep. is, ac decano eccl. S. Felicis Tolosan. di.; (IX kal. maii, Innocentii Papæ VI a. X). (*A.* 151, f. 66ª.)

Ut s. T. XIV, XVI.

342. — *Guillelmo Martini* collat. prioratus sæcul. eccl. B. M. de Salis Bituricen., vac. per obit. Gaucelini Martini cum dispens. super diversis benef. — I. e. m. abb. monast. S. Ambrosii Bituricen. et decano S. Agricoli Avenionen., ac cant. Bituricen. eccl. (*A.* 151, f. 67ª.)

Ut s.

343. — *Alphonso Fernandi* perp. portionario eccl. Toletan., gratia exp. canon., præb. et thesaurariæ ejusd. eccl., cum præstimonialibus portionibus et simplicibus

Datum *Avenione.*

benef. vacat. per consecrat. Bernardi ep. i Conchen. ; consid. Ægidii ep. i Sabinen., cujus ipse Alphonsus cap. existit ; non obst. in Logitnen. eccl. canon., præb. et præstimoniis ; dimittat autem canon. et præb. eccl. Palentin., portionem dictæ eccl. Toletan., et priorat. c. c. sæcul. eccl. s. Joannis de Valle in Senno, Imolen. di. ; (VIII kal. Jun., Innocentii Papæ VI a. X). — I. e. m. ep. o Conchen., decano supradicto et archid. de Regina Compostellan. eccl. (*A*. 151, f. 79 b.)

8 nov. 1362. T. XIV, XVI. **344**. — *Joanni Raimundi* collat. decanatus de s. Candido, Rothomagen., vacat. per assecutionem præb. eccl. Carnoten., ab Aimerico de Magnaco vigore litt. apost. acceptatæ ; cum obligatione dimitt. paroch. eccl. de Tonsus. Parisien. di. — I. e. m. decano supradicto, et Parisien. ac Rothomagen. officialibus. (*A*. 151, f. 98 a.)

Ut s. T. XIII, XV. **345**. — *Joanni de Pestello* collat. canon. et præb. eccl. Ruthenen. vac. per obit. Bertrandi de Pomeriis, succollectoris fructuum cameræ apost. debitorum in civit. et di. Ruthenen. ; non obst. s. Privati et de Balaguerio sæcularium non colleg. eccl. prioratibus s. c., Vabren. et Caturcen. di., et canon., præb. et sacristiæ eccl. Lodoven. ; (X kal. sept., pontificatus Innocentii Papæ VI a. X.) — I. e. m. ep. o Riven., et abb. monast. de Maurtio, s. Flori di., ac decano supradicto. (*A*. 161, f. 156 a.)

Ut s. T. XIV, XVI. **346**. — *Petro de Murato* collat. canon. et præb. eccl. Anicien., ante obit. Petri de Ruppebaronis ab Innocentio Papa VI disposit. apost. reservatorum ; non obst. canon. et præb. eccl. Brivaten., s. Flori di., et gratia exp. benef. ad collat. ep. i Ruthenen. (XVII kal. dec., pontificatus ejusd. a. IX). — I. e. m. abb. monast. s. Benedicti Floriacen., Aurelianen. di., et decano eccl. Æduen., ac officiali Anicien. (*A*. 151, f. 157 b.)

Ut s. T. XI, XIII. **347**. — *Joanni Vonerii*, licent. in leg., collat. canon. et præb. eccl. Abrincen. vac. per obit. Joannis s. Georgii ad Velum aureum diac. card. ; non obst. canon., præb. et archidiac. de Monteforti Cenomanen., ac decanatu s. Laudi prope Andegavos, necnon provisionibus canon. et præb. Cathalaunen., et thesaurariæ ejusd. Abrincen. eccl., per Innocentium PP. VI factis ; (XVIII kal jan., pontificatus ejusd. a. IX.) — I. e. m. decano s. Agricoli Avenionen., et Abrincen., ac Cenomanen. officialibus. (*A*. 151, f. 159 a.)

Ut s. T. XXII. **348**. — *Ep. o Caputaquen.*, mand. ut Jacobo Abbamontis de Serris, cler. Caputaquen. di., conferat canon. et præb eccl. Militen., vac. per obit. ap. S. A. Nicolai Stillani ; (III kal. aug., pontificatus Innocentii Papæ VI a. X). (*A*. 151, f. 161 b.)

Ut s. T. XIII 1/2, XV 1/2. **349**. — *Willelmo de Bermingham*, theol. professori, collat. canon. et præb. (4 lib. sterl.) eccl. Exonien., vac. per obit. ap. S. A. Adæ de Hilton ; non obst. in Landaven. cum præb., et in Herefordcn. eccl. cum decanatu, et sub exp. præb. canonicatibus ; (id. jul., pontificatus Innocentii Papæ VI a. X). — I. e. m. ep. Londonien, et decano s. Agricoli Avenionen., ac Thomæ de Paxtone can. Lincolnien. eccl. (*A*. 151, f. 169 a).

Ut s. XV, XVII. **350**. — *Bertrando de Villamuro* collat. canon. et præb. eccl. Albien., vac. per obit. ap. S. A. Guidonis de Riperia ; (VI kal. julii, pontificatus Innocentii Papæ VI, a. X). — I. e. m. decano s. Agricoli. Avenionen., et Ulrico Seguini, can. Vauren. eccl., ac officiali Albien. (*A*. 151, f. 173 a.)

Ut s. Gr. pro Deo. **351**. — *Joanni dicto Macadani* collat. canon. et præb. de Dysert eccl. Limericen., vac. per consecrat. b. me. Joannis archiep. i Cassellen., tempore Joannis Papæ XXII ; (III kal. jun., pontificatus Innocentii Papæ VI, anno X.) — I. e. m. archiep. o Cassellen., et decano s. Agricoli Avenionen., ac archid. Imelacen. eccl. (*A*. 151, f. 174 a).

Datum *Avenione*.

8 nov. 1362. T. XIII 1/2, XV 1/2.

352. — *Henrico Werneri* collat. canon. et majoris præb. eccl. Zwerinen., vac. per obit. ap. S. A. Gerardi Raven, consid. Waldomari regis Daciæ ; non obst. Caminen. et Gustrovien., Caminen. di., eccl. canon. et præb. ; (II kal. jan., pontificatus Innocentii Papæ VI a. X.) — I. e. m. abb. monast. Novicampi, Zwerinen. di., et s. Agricoli ac s. Petri Avenionen. eccl. decanis. (*A*. 151, f. 178 a.)

Ut s. T. XXIV.

353. — *Officiali Pragen.* mand. ut Andreæ nato quond. Ratzkonis de Dub, cler. Pragen. di., conferant canon. et præb. eccl. Boleslavien., dictæ di., vac. per obit. ap. S. A. Petri de Guisalis ; (X kal. maii, pontificatus Innocentii Papæ VI a. X). (*A*, 151, f. 183 a.)

Ut s. T. XIX.

354. — *Decano s. Agricoli Avenionen. et Jordano Oliverii, can. Rothomagen. eccl., ac officiali Tolosan.*, mand. ut Bernardo del Noal, rectori paroch. eccl. s. Genesii de Cumulario, Avenionen. di., presb. et servitori in palatio apost., conferant canon. et præb. eccl. s. Felicis Tolosan. di., quæ post obit. Joannis Fabri, Innocentii Papæ VI officialis et clavarii in loco de Castronovo, Avenionen. di., id. Papa contulerat Petro Morigaudi, qui ante confectionem litt. apost. obiit ; (XI kal. aug., pontificatus ejusd. Papæ a. X.) (*A*. 151, f. 184 a.)

Ut s. T. XXIV.

355. — *Officiali Tolosan.* mand. ut Pontio de Montelenardo conferat canon. et præb. eccl. Laudunen., vac. per resignat. Joannis de Pratis ap. S. A. factam ; non obst. rurali de Tresecio, et paroch. de Montecuco, s. Pontii Thomeriarum et Caturcen. di., eccl. ; (id. jul., pontificatus Innocentii Papæ VI a. X.) (*A*. 151, f. 186 a.)

Ut s. T. XXIII.

356. — *Officiali Cathalaunen.* mand. ut Thomæ de s. Karanno, famil. et cap. Johannæ R. F. et N., conferat canon. et præb. eccl. s. Trinitatis Cathalaunen., vac. per obit. Joannis de Coala, succollectoris fructuum cameræ apost. debitorum in civit. et di. Cathalaunen. ; non obst. canon. et præb. eccl. Melden., et perp. capell. capellæ s. Johannis Baptistæ sitæ in domo n. v. Henrici de Castro, d. ni loci de Esternayo, Trecen. di. ; (XVI kal. sept., pontificatus Innocentii Papæ VI a. X). (*A*. 151, f. 189 b.)

Ut s. XIII.

357. — *Officiali Bituricen.* mand. ut Stephano de Sancero, cler. Bituricen. di., provideat de canon. et præb. eccl. Carnoten., vac., per consecrat. Simonis ep. i Suessionen. ; (VI non. jul., pontificatus Innocentii Papæ VI a. X). (*A*. 151, f. 191 b.)

Ut s. T. XXII.

358. — *Abb. monast. s. Symphoriani extra muros Meten., et Petro Raconchini can. Regen., ac officiali Meten.*, mand. ut Petro dicto Boucayt de Pejul, cler. Meten. di., conferant canon. et præb. eccl. s. Stephani de Salburgo, Meten. di., vac. per obit. ap. S. A. Simonis de Fricourt, alias Martialis ; (non. maii, pontificatus Innocentii Papæ VI a. X.) (*A*. 151, f. 196 a.)

Ut s. T. XXIV.

359. — *Officiali Vicen.* mand. ut Guillelmo de Villaronie conferat canon. et præb. eccl. Vicen., vac. per obit. Guillelmi de Quadris, succollectoris fructuum cameræ apost. debitorum in di. Vicen. ; non obst. in s. Joannis de Perpiniano, Elnen. di., canon. et præb., et in dicta Vicen. uno ac in cappella s. Saturnini Vicen. alio perp. benef. s. c., quæ dimitt. tenetur, necnon paroch. eccl. de Odena, Vicen. di. ; (XI kal. aug., pontificatus Innocentii Papæ XI a. X). (*A*. 151, f. 202 b.)

Ut s. T. XIV, XVI.

360. — *Petro Daussani* collat. canon. et præb. eccl. s. Petri Arien., Morinen. di., vac. per obit. ap. S. A. Joannis Costæ ; non obst. quod de paroch. eccl. de Mansofeodimarconis, Auxitan. di., quam nondum obtinuit provisus fuerit, et benef. c. c. vel s. c. ad collat. archiep. i Bituricen expectet ; (III non. mart., pontificatus Innocentii Papæ VI a. X). — I. e. m. Aurelianen. et s. Agricoli Avenionen. decanis, ac officiali Morinen. (*A*. 151, f. 208 a.)

Datum *Avenione*,

8 nov. 1362. XVIII. **361**. — *Abb. monast. s. Vedasti Atrebaten. et s. Felicis ac s. Piati Siclinien., Tolosan. et Tornacen. di., decanis*, mand. ut Guillelmo Mauberti, cler. Trecen., conferant canon. et præb. eccl. s. Petri Duacen., Atrebaten. di., vac. per obit. Nicolai Benoyt, et ad præpositi ejusd. eccl., præposito carentis, collat. pertin. ; (XIV kal. jun. pontificatus Innocentii Papæ VI a. X). (*A*. 151, f. 208 b.)

Ut s. XIV, XVI. **362**. — *Petro Rachoncini* collat. canon. et præb. eccl. Januen. et paroch. eccl. B. M. de Murmurono, prioratus nuncupatæ, Carpentoraten. di., vac. per resignat. a Joanne Rachoncini ap. S. A. factam ex causa permutat. cum paroch. eccl. B. M. de Vallerauca, Nemausen. di. ; non obst. canon. et præb eccl. Regen. ; (XIV kal. aug., pontificatus Innocentii Papæ VI a. X). — I. e. m. Avenionen. et Vivarien. præp., ac Aladino Falqui can. Regen. eccl. (A. 151, f. 222 a.)

Ut s. T. XV 1/2. **363**. — *Abb. monast. de Maurtio, S. Flori di.*, mand. ut Gerardo de Montealto conferat canon. et præb. eccl. Pictaven. vac. per resignat. Aymerici de Montealto ap. S. A. factam ; non obst. can. et præb. eccl. Atrebaten ; (IX kal maii, pontificatus Innocentii Papæ VI a. IX). A. 151, f. 243 a.)

Ut s. T. XXII. **364**. — *Ep. o Arben.*, mand. ut Nicolao Joannis de Dulcinio, cler. Polen., conferant canon. et præb. eccl. Polen., vac. per consecrat. Nicolai ep.i Polen. ; (II kal. jan., Innocentii Papæ VI a. ultimo). (A. 151, f. 244 a.)

Ut s. T. XIII, XV. **365**. — *Joanni de Montibus*, collat. canon. præb. et præstimoniorum eccl. Ulixbonen., vac. per obit. ap. S. A. Imberti de Montibus ; (III non. maii, pontificatus Innocentii Papæ VI a. IX). — I. e. m. s. Petri et s. Agricoli Avenionen. eccl. decanis, ac officiali Ulixbonen. (A. 151, f. 254 a.)

Ut s. T. XXIV. **366**. — *Thesaur. eccl. Nuemburgen.* mand. ut Henrico de Swaitzburg, cler. Maguntin. di., provideat de canon. et præb. eccl. Herbipolen. vac. per consecrat. Gerhardi ep.i Nuemburgen. ; (IV non. jun. pontificatus Innocentii Papæ VI a. VII). (A. 151, f. 256 a.)

Ut s. T. XXIII. **367**. — *Officiali Cæsaraugustan.* mand. ut Martino Ægidii de Vidaure, cler. Cæsaraugustan. di., conferat canon. et præb. eccl. Gerunden. vac. per obit. ap. S. A. Gaucerandi de Monteavo ; (III kal. apr., pontificatus Innocentii P. P. VI a. X). (A. 151, f. 264 b.)

Ut s. T. XIII. XV. **368**. — *Adolpho de Cervo* collat. canon. et præb. eccl. s. Severini Colonien., vac. per resignat. Joannis dicti Stellæ ap. S. A. factam ; (XVIII kal. jul., Innocentii Papæ VI a. X). — I. e. m. B. M. ad Gradus Colonien., s. Georgii Colonien., ac s. Agricoli Avenionen. eccl. decanis. (A. 151, f. 269 a.)

Ut s. T. XIII, XV **369**. — *Audiberto Decani* collat. canon. et præb. eccl. Vauren., vac. per resignat. Jacobi de Villanuro factam ap. S. A. ; (XIV kal. jun., Innocentii Papæ VI a. X). — I. e. m. Laurentio de Cumbis can. eccl. Virdunen., et Avenionen. ac Vauren. officialibus. (A. 151, f. 271 b.)

Ut s. T. XII. **370**. — *Præp. et decano majoris Argentinen., ac cant. s. Thomæ Argentinen. eccl.*, mand. ut Ottomanno dicto Znobrucke, subdiacono Argentinen. di, conferant canon. et præb. eccl. s. Florentii in Haslolahe, ejusd. di., vac. per obit. Nivelungi de Resthem ; absoluto prius dicto Ottomanno ab inhabilitate incursa quia paroch. eccl. in Dalheim, dictæ di., tunc obtinens, paroch. eccl. in Vegresheym, ejusd. di., assecutus est, et eas insimul tenuit pluribus annis, ad sacerdotium non promotus, et deinde canon. et præb. prædictos ex collat. capit. obtinuit, dummodo ecclesias et canon. et præb. prefata dimitteret ; (VII kal. oct., Innocentii Papæ VI a. IX), qua die de paroch. eccl. in Dalheim prædicta etiam provisus fuit. (A. 151, f. 280 b.)

Datum *Avenione.*

8 nov. 1362. T. XIII 1/2, XV 1/2.

371. — *Joanni de Cerro*, leg. doct., cap. et famil. Nicolai S. M. in Via lata diac. card, suppl., collat. canon. et præb. eccl. Bremen., vac. per obit. ap. S. A. Theodorici Bersen. ejusd. card. famil. commens. ; non obst. canon. et præb. cum ferculo et perp. benef. Choriepiscopatu nuncupato in eccl. s. Severini, et paroch. eccl. s. Martini Colonien., super qua in palatio apost. litigat ; (V kal. jan., Innocentii Papæ VI a. IX). — I. e. m. s. Agricoli Avenionen., s. Severini et s. Georgii Colonien. decanis. (A. 151, f. 287 a.)

Ut s. T. XXII.

372. — *Ep. o Sutrin.* mand. ut Laurentio de Jacobinis conferant canon. et præb. basilicæ ad Sancta Sanctorum de Urbe, vac. per obit. Nicolai de Andreottinis, S. A. officialis ; non obst. canon. et præb. eccl. B. M. in Transtiberim de dicta Urbe ; (VI id. apr., Innocentii Papæ VI a. X). (A. 151, f. 287 b.)

Ut s. T. XVIII.

373. — *Decano s. Agricoli Avenionen., præp. s. Nazarii in Brolio Mediolanen., et Anselmo Rozio can. Cuman. eccl.*, mand. ut Bassiano Rozii, cler. Mediolanen., conferant canon. et præb. eccl. s. Ambrosii Mediolanen., vac. per obit. ap. S. A. Lucæ de Maginaco ; (id. apr., Innocentii Papæ VI a. X). (A. 151, f. 291 b.)

Ut s. T. XVIII.

374. — *Patriarchæ Aquilegen.* mand. ut Nicolao de Clodio, presb. Aquilegen. di., conferat canon. et præb. eccl. B. M. civit. Austriæ, dictæ di., vac. per obit. ap. S. A. Bartholomæi de Portunano. ; (X kal. maii, Innocentii Papæ VI a. X). (A. 151, f. 295 a.)

Ut s. T. XVIII

375. — *Decano s. Agricoli Avenionen., et sacristæ Ruthenen. eccl., ac officiali Mimaten.*, mand. ut Pontio de Montelauro de Andusia, cler. Mimaten. di., conferant canon. et præb. eccl. Mimaten., vac. per obit. Audeberti de Merle, S. A. cap., et jam per Innocentium P. P. VI Hugoni de Apcherio, qui, litt. apost. non confectis, obiit, collata ; (VI kal. maii, pontificatus ejusd. a. X). (A. 151, f. 296 a.)

Ut s.

376. — *Joanni Fabri*, baccal. in decr., collat. canon. et præb. eccl. Aquen., vac. per consecrat. Joannis ep.i Vasionen., cujus per VII annos, dum curiæ cameræ apost. generalis auditor extitit, locumtenens fuit ; non obst. paroch. eccl. de Cornu saco et canon. ac præb. eccl. s. Felicis, Tolosan. di. ; (II id. maii, Innocentii Papæ VI a. X). — I. e. m. s. Agricoli Avenionen., et s. Felicis, Tolosan. di., eccl. decanis, ac officiali Aquen. (*A.* 151, f. 418 a.)

Ut s. T. XIII, XV

377. — *Joanni Berengarii* collat. canon. et præb. eccl. Vauren., vac. ap. S. A. per obit. Bernardi Vasconis subcollectoris fructuum cameræ apost. debitorum in civit. et di. Vauren. ; non obst. parroch. eccl. de Blanno, dictæ di. Ista gracia facta fuerat dicto Joanni, ab Innocentio Papa VI, id. jul., a. X, sed propter ejus obit. litteræ apost. confectæ minime fuerunt, et ideo Papa decernit quod præsentes litt. a prædicta die id. jul. sortiantur effectum. — I. e. m. decano s. Agricoli Avenionen., et archid. s. Antonini Ruthenen. eccl., ac officiali Avinionen. (*A.* 152, f. 19 a.)

Ut s. T. XII, XIV

378. — *Gaufredo de Angiriaco* collat. eccl. de Aquaria, Gebennen. di., vac. per obit. ap. S. A. Bernardi s. Eustachii diac. card. Ista gratia valeat ex causa supradicta a die IV non. jan., pontificatus Innocentii Papæ VI a. X. — I. e. m. ep. o Cabilonen., et decano eccl. Lugdunen., ac officiali Lugdunen. (*A.* 152, f. 20 b.)

Ut s.

379. — *Siberto de Lystorp* decernitur valere collatio paroch. eccl. in Keyemburg, Colonien. di., vac. per obit. Henrici de Waule succollectoris fructuum cameræ apost. debitorum in civit. et di. Colonien., cum obligatione dimittendi off. scolarium in eccl. Colonien., dicto Siberto ab Innocentio Papa VI id. dec., a. IX facta, propter cujus supervenientem obit. litteræ super hoc confectæ minime extiterunt. — I. e. m. s. Agricoli Avenionen., et monast. Eyfliæ Colonien. di., decanis, ac Goswonio de Dusburg can. Colonien. eccl. (*A.* 152, f. 22 b.)

Datum *Avenione*.

8 nov. 1362. T. XII, XIV. **380**. — *Joanni Brunelli*, Papæ cap., et causarum palatii apost. auditori, mand. ut subroget Ladizlaum Benedicti, cler. Boznen. di., in omni jure quod quond. Dominico Benedicti, cler. dictæ di., competebat super parroch. eccl. de Zalonkamen, plebania vulgariter nuncupata, Colocen. di., vac. per obit. Conradi, ut prosequi valeat causam quæ ap. S. A. vertebat inter præfatum quond. Dominicum et Ladizlaum Lenchack pro can. Vesprimen. se gerentem. Litteræ enim Innocentii Papa VI super hujusmodi subrogatione VI id. maii, a. X facta minime confectæ extiterunt. (*A*. 152, f. 34[a].)

Ut s. **381**. — *Nicolao de Lacis*, cap. Karoli Romani imperat. supplic., collata fuerunt ab Innocentio Papa VI, die IV kal. jul., a. X, canon. et præb. eccl. Magdeburgen., vac. per consecrat. Alberti el. Bremen.; non obst. paroch. eccl. in Asle, Bremen. di., et quadam perp. vicaria in eccl. Lubicen.; verum cum ipsius Innocentii superveniente obitu litteræ apost. super hiis confectæ non extiterint, decernit Papa ista gratia a præfata die IV kal. jul. suum sortiri effectum. — I. e. m. archiep. o Arelatan., et Lubicen., ac s. Agricoli Avenionen. eccl. decanis. (*A*. 152, f. 25[b].)

Ut s. **382**. — *Joanni de Corini* collata fuerunt ab Innocentio Papa VI, die XII kal. sept., a. IX, canon. et præbenda ecclesiarum s. Andreæ Urbevetan. et s. Cristinæ, Urbevetan. di., vac. per obit. ap. S. A. Berengarii de Pereto; verum cum litteræ apost. super hoc ejusd. Innocentii superveniente obitu confectæ non extiterint, decernit Papa istam gratiam a præfata die suum sortiri effectum. — I. e. m. decano s. Agricoli Avenionen., et Nerio Petrucii Urbevetan., ac Mathæo Martini Amelien. can. eccl. (*A*. 152, f. 27[b].)

Ut s. **383**. — *Mag. Jordano Laurentii* confirmatur permutatio facta, tempore Innocentii Papæ VI, die VI non. jul., a. X, de paroch. eccl. s. Agathæ cum Geraldo de Poleno pro paroch. eccl. de Domibus, Uticen. et Lemovicen. di., non obst. rurali eccl. B. M. albæ, Vasionen. di.; cujus permutat. litteræ, Innocentii obitu, confectæ non fuerunt. — I. e. m. ep. o Ruthenen., et decano eccl. s. Agricoli Avenionen., ac officiali Lemovicen. (*A*. 152, f. 28[b].)

Ut s. **384**. — *Arnaldo de Hœrne*, licent. in art., confirmatur collat. canon. et præb. eccl. Leodien., a præfato Innocentio facta XI kal. jul., a. X, cum vacarent per assecutionem canon. et præb. eccl. Burgen. ac præstimoniorum et præstimonialium portionum in ead. eccl., civit. et di. Burgen., Guidoni ep. o Ostien. collatorum; quæquidem gratia valeat ex causa jam dicta a præfata die XI kal. jul., non obst. præpositura eccl. s. Crucis Leodien. ead. die ipsi collata, et in Colonien. cum præb., ac in Trajecten. eccl. sub exp. præb. et supplementi canon. — I. e. m. ep. o S. Flori, et abb. monast. Eginanden., Trajecten. di., ac decano eccl. s. Agricoli Avenionen. (*A*. 152, f. 29[b].)

Ut s. **385**. — *Nicolao Henrici de Castrovillano* confirmatur collat. a prædicto Innocentio VI kal. jul. facta de canon. et præb. eccl. Gebennen., tunc per consecrat. Guillelmi el. Vapincen. vac., licet litt. apost. ex causa jam dicta confectæ non fuerint; non obst. paroch. eccl. de Presbiterivilla cum decanatu rurali de Barro super Albam, eid. eccl. canonice annexo, ac canon. et præb. eccl. s. Machuti de dicto Barro, Lingonen. di.; cassavit dictus Innocentius prov. canon. eccl. Autisiodoren. sub exp. præb. — I. e. m. ep. o Colimbrien. et Petro de Chinceyo can. Cathalaunen., ac officiali Gebennen. (*A*. 152, f. 31[b].)

Ut s. **386**. — *Decano s. Agricoli Avenionen., et Bernardo Sancii de Villanova, can. Bajonen. eccl., ac officiali Aquen.*, mand. ut Petro Arnaldi de Camera, cler. Bajocen. di., conferre curent prioratum sæcul. eccl. s. Spiritus de Capitepontis Bajonen., Aquen. di., c. c., ad quem prior consuevit per electionem assumi, et ei jam collatum a præfato Inno-

Datum *Avenione.*

centio die XIX kal. sept., a. VIII, cum vacaret per assecutionem sacristiæ eccl. Bajonen. Guillelmo Vitalis, presb. Bajonen. di., auct. ordinaria collatæ; cujusquidem prioratus collationis litteræ apost. causa jam dicta confectæ non extiterunt. (*A.* 152, f. 33 b.)

8 (vi id.) nov. 1362. T. XI 1/2, XIII 1/2.

387. — *Brunoni de Symea* confirmatur collat. canon., præb. et scolastriæ sæcul. eccl. Assinden., Colonien. di., in qua certus canonicorum cum abbatissa et canonicabus dictæ eccl., unum capitulum inibi facientium numerus existit, vac. per obit. ap. S. A. Joannis de Ratingen, dicto Brunoni ab Innocentio Papa VI facta id. jul., a. X, cujusquidem collat. litteræ propter ejusd. Papæ obit. confectæ minime fuerunt. — I. e. m. s. Agricoli Avenionen, et s. Georgii Colonien., ac B. M. ad gradus Colonien. eccl. decanis. (A. 152, f. 36 b.)

Ut s. T. XXIII.

388. — *Archid. Augi in eccl. Rothomagen., et Rothomagen. ac Parisien. officialibus* mand. ut Bernardo de Rigualdo assignent paroch. eccl. de Magnaecclesia, Rothomagen di., cujus præsentatio ad priorem priorat. de Longuavilla, Cluniac. ord.. dictæ di.; pertinet, ipsi ab Innocentio Papa VI jam collata III non. jul., a. X, cum ipsa per obit. Petri de Essartis vacaret, et dictus prioratus priore careret; cum obligatione dimittendi paroch. eccl de Gilhaco, Montisalban. di., cujus collat. litteræ propter ejusd. Innocentii obit. confectæ non fuerunt. (*A.* 152, f. 38a.)

Ut s. T. XIII, XV.

389. — *Petro de Posols* collat. parroch. eccl. de Auriolo, Valentin. di., vac. per resignat. ap. S. A. factam a Nicolao Cortesii; (IX kal. jan., a. IX Innocentii Papæ VI); non obst. perp. benef. choraria nuncupato in eccl. Vivarien. — I. e. m. Augoni de Turcione et Dalmatio de Gortia, can. Vivarien., ac officiali Vivarien. (*A.* 152, f. 41 a.)

Ut s.

390. — *Arnaldo de Quinbullo,* D. D., collat. canon., præb., ac off. subsacristiæ eccl. Vicen., per consecrat. Jacobi el. Dertusen. in brevi vacat., non obst. in Lomberien. cum cantoria, quæ ut asserebatur simplex off. s. c. existit, et in s. Felicis eccl. canon. et præb., ac paroch. eccl. de Malobeco. Tolosan. et Lomberien, di; (XI kal. aug., Innocentii Papæ VI a. X). — I. e. m. abb. monast. s. Petri de Bisulduno, et decano s. Felicis, Gerunden. ac Tolosan, di., et archid. Tarentonæ Ilerden. eccl. (*A.* 152, f. 42 a.)

Ut s.

391. — *Joanni de Cumbis,* presb. Uticen. di., collat. paroch. eccl. de Muris, Nemausen. di., vac. per assecutionem paroch. eccl. de Ripariis, Uticen. di., Nicolao Ribayroli per P. P. collatæ, consid. Nicolai S. M. in Via lata diac. card.; non obst. quod super canon. et præb. eccl. B. M. Insulæ Cavallicen. di.. in palatio apost. litiget; (XVI kal. jun., pontificatus Innocentii Papæ VI a. X.) — I. e. m. Lodoven. et Riven. ep.is, ac Geraldo de Pozilhaco can. Leodien. (*A.* 152, f. 42 b.)

Ut s. T. XI 1/2, XIV 1/2.

392. — *Alberto Holdenstede,* cler. Bremen. di., reservatur paroch. eccl. in Berne, Bremen. di., vacat. per assecutionem præposituræ eccl. Lubicen.. quæ dign. existit, Joanni Breetling per P. P. collatæ; (non. aug., pontificatus Innocentii P. P. VI a. X.) — I. e. m. archiep. o Rigen., et s. Petri Avenionen., ac Hamburgen., Bremen. di., eccl. decanis. (*A.* 152, f. 46a.)

Ut s. T. XIII. XV.

393. — *Petro de Porta* collat. paroch. eccl. de Carno, Caturcen. di., vac. per resignat. Raimundi de Vallegodorie ap. S. A. factam; (X kal. jul., pontificatus Innocentii P. P. VI a. X.) — I. e. m. Bernardo de Bosqueto Caturcen., et Joanni de Glotonis Leodien. can. eccl., ac officiali Caturcen. (*A.* 152, f. 46 b.)

Ut s. T. XIV, XVI.

394. — *Joanni de Oratorio* collat. canon. et præb. eccl. Atrebaten., vac. per resignat. Joannis de Castronovo, S. A. cap., ex causa permutat. cum præpositura S.

Datum *Avenione.*

Petri Arien., Morinen. di., ap. S. A. factam; non obst. canon. et præb. eccl. Cameracen. (VI kal. jul., pontificatus Innocentii P. P. VI a. VIII.) — I. e. m. s. Genovefæ Parisien. et s. Vedasti Atrebaten. monast. abb. ac decano eccl. s. Agricoli Avenionen. (*A.* 152, f. 47a.)

8 nov. 1362. T. XIII, XV. **395**. — *Guidoni de Moleriis,* in decr. bacall., collat. canon. et præb. eccl. Anicien., vac. per obit. Petri de Monteclaro; non obst. quod de paroch. eccl. de Villatriculis. Carcassonen. di. ipsi fuisset auct. ordinaria provisum; (II kal. apr., Innocentii P. P. VI a. X). — I. e. m. abb. monast. s. Petri Montismajoris, Arelaten. di., et cant. eccl. Constantien., ac officiali Anicien. (*A.* 152, f. 48a.)

Ut s. **396**. — *Dominico Fernandi de Jugofamorum* collat. perp. dimidiæ portionis eccl. Ispalen., vac. per obit. ap. S. A. Petri Alphonsi de Verilla; non obst. defectu natalium, cum sit de presb. et soluta genitus; (IV kal. aug., pontificatus Innocentii P. P. VI a. X.) — I. e. m. archid. Delaltor Palentin., et Andreæ Didaci, ac Didaco Garsiæ Ispalen. eccl. can. (*A.* 152, f. 48b.)

Ut s. **397**. — *S. Stephani Maguntin., et S. M. extra muros Maguntin., ac s. Bartholomæi Frankenforden., Maguntin. di., eccl. decanis,* mand. ut Conrado de Spigelberg conferant præposituram eccl. Treveren., quæ dign. post archiepisc. major et curata existit, et ad ipsam quis per electionem assumetur, amoto Joanne de Celobrio, cler. Treveren. di., qui ipsam una cum paroch. eccl. in superiori Herse. Treveren di., absque dispens. pluribus annis detinuit; non obst. in Aschafenburgen., Maguntin. di., scolastria, et in Wormacien. ac s. Stephani Maguntin. eccl. canon. et præb.; sequitur dispens. super plural. benef., et clausula dimittendi præposituram c. c. eccl. s. Mauritii Maguntin.; (III kal. jul., pontificatus Innocentii P. P. VI a. X.) (*A.* 152, f. 52a.)

Ut s. **398**. — *Petro Lupi de Luna* collat. canon., præb. et præposituræ seu mensatæ eccl. Ilerden., vac. per obit. ap. S. A. Nicolai s. Sixti presb. card.; non obst. in Tirasonen. cum archidiac. Calatambii et IV præstimoniis ac in Leodien. eccl. canon. et præb.; (VI kal. jun., pontificatus Innocentii P. P. VI a. X.) — I. e. m. ep. o Colimbrien., et præcent. eccl. Elnen., ac officiali Cæsaraugustan. (*A.* 152, f. 53b.)

Ut s. T. XII, XIV. **399**. — *Ramnulpho de Buria* collat. canon. et præb. eccl. Carnoten., per obit. Petri Regis, Papæ script., ap. S. A. vac.; non obst. canon. et præb. eccl. Lemovicen.; (X kal. sept., pontificatus Innocentii P. P. VI, a. X.) — I. e. m decano eccl. s. Agricoli Avenionen., et Carnoten. ac Lemovicen. officialibus. (*A.* 152, f. 54b.)

Ut s. **400**. — *Joanni de Barba* reservatur plebanatus curatæ et colleg. plebis s. Joannis de Calcinaria (60 flor. auri), Pisan. di., per assecutionem canon. et præb. eccl. Pisan. Hugolino de Malpileis per P. P. collatorum in brevi vacat.; non obst. canon. et præb. dictæ eccl. Pisan; (XV kal. jul., pontificatus Innocentii P. P. VI, a. X.) — I. e. m. ep. o Massan. et priori monast. s. Petri ad Vincula Pisan., per prior. soliti gub., ac Mathæo de s. Eustachio, can. Pisan. (*A.* 152, f. 55b.)

Ut s. T. XIV, XVI. **401**. — *Geraldo de Polerio,* collat. paroch. eccl. s. Agathae Uticen., vac. per resignat. mag. Jordani Laurentii, Papæ script., ex causa permutat. cum paroch. eccl. de Domibus, Lemovicen. di., ap. S. A. factam; (VI non. jul., pontificatus Innocentii P. P. VI, a. X). — I. e. m. decano s. Agricoli et sacristæ majoris Avinionen. eccl., ac officiali Uticen. (*A.* 152, f. 56a.)

Ut s. T. XIV 1/2, XVI 1/2. **402**. — *Petro de Glotonis,* collat. canon. et præb. eccl. Palentin., cum præstimoniis et præstimonialibus portionibus, vac. per obit. ap. S. A. primo Alreatii de Columberiis, et deinde Petri Aguilhionis. consid. Nicolai B. M. in Via lata diac. card.

Datum *Avenione.*

(XVI kal. jun.. pontificatus Innocentii P.P. VI, a. X.) — I. e. m. s. Agricoli Avenionen., et cant. Pictaven. ac officiali Palentin. (*A.* 152, f. 57 b.)

8 nov. 1362. T. XII 1/2, XIV 1/2.

403. — *Hugoni Albini de Montecalerio,* baccal. in medicina, collat. præpositurae eccl. B. M. de Montecalerio, Taurinen. di., vac. per obit. ap. S. A. Jacobi de Martoandis, obtentu capit. ejusd. eccl.; (XV kal. febr., pontificatus Innocentii P.P. VI, a. X.) — I. e. m, abb. monast. s. Justi de Secutia, et præp. s. s. Donati et Mauritii de Pinayrolio, Taurinen. di., ac archid. Taurinen. eccl. (*A.* 152, f. 58 b.)

Ut s. T. XX.

404. — *Officiali Tolosan.* mand. ut Brengario Taramundi conferat archidiac. Villæ Longæ in eccl. Tolosan., O. S. A., vac. per assecutionem priorat. de Alsona, dicti ord., Tolosan. di., cum archidiac. de Gimsesio in ead. eccl., eid. prioratui annexo, Aycardo de Quiniballo per Innocentium P. P. VI collati; prout jam eid. officiali mandaverat dictus Pontifex. (*A.* 152, f. 65 a.)

Ut s. T. XIII, XV.

405. *Durando Bodeux* conf., consid. Nicolai S. M. in Via lata diac. card., paroch. eccl. de Pris, Ruthenen. di., vac. per assecutionem paroch. eccl. de Alayraco, ejusd. di., Genesio de Marmanhaco per P. P. collatæ; (XI kal. jul., pontificatus Innocentii P.P. VI, a. X). — I. e. m. de Montepensato, Carturcen. di., et s. Agricoli Avenionen., decanis eccl., ac officiali Ruthenen. (*A.* 152, f. 69 b.).

Ut s. T. XXIII.

406. — *Officiali Andegaven.* mand. ut Joanni Leonardi reservet priorat. de Papalleya, prope Andegavos, O. S. A., per promotionem Nandini Coindæ ad abbatiam monast. B. M. de Regali, O. S. A., Pictaven. di., in brevi vacat.; cum obligatione dimitt. priorat. de Tribusperrinis, dicti ord., Andegaven. di.; (II non. maii, pontificatus Innocentii Papæ VI a. X.) (*A.* 152, f. 71 a.)

Ut s. T. XIV, XVI.

407. — *Astolfo de Lasano* collat. canon., præb. et præposituræ eccl. Cesenaten., (96 flor. auri), vac. per consecrat. Bencevenæ ep.i Cesenaten.; canon. autem et præb. eccl. Venefran., et parroch. eccl. s. Victoriæ de Lazanno Theatin. di., dimitt. tenetur; (XI kal. sept., pontificatus Innocentii Papæ VI a. X.). — I. e. m. Bononien. et Faventin. ep. is, ac decano eccl. s. Agricoli Avenionen. (*A.* 152, f. 75 b.)

Ut s.

408. — *Joanni Garsiæ,* collat. perp. portionis eccl. s. Thomæ Ulixbonen., vac. per resignat. Berengarii Dominici, ex causa permutat. cum paroch. eccl. s. Jacobi de Nebulis, Ispalen. di., ap. S. A. factam; (III non. maii, pontificatus Innocentii Papæ VI a. IX.) — I. e. m. ep. o Colimbrien., et Guillelmo Piloti cant., ac Ægidio Martini can. eccl. Ulixbonen. (*A.* 152, f. 84 b.)

Ut s. T. XIII, XV.

409. — *Roberto de Villamuro* collat. priorat. sæcul. non colleg. nec curatæ eccl. de Novavilla, Ruthenen. di.. vac. per matrim. Guidonis Alberti; (VI kal. jul., pontificatus Innocentii Papæ VI. a. X.) — I. e. m. Begoni de Castronovo et Rigaldo de Tornamira, can. eccl. Ruthenen., ac officiali Ruthenen. (*A.* 152, f. 84 a.)

Ut s. T. XII 1/2, XIII 1/2.

410. — *Bernardo de Salvio de Parma* collat. canon. et præb. eccl. Novarien. vac. per consecrat. Stephani ep.i Cuman.; non obst. perp. capell. S. M. de Columna in eccl. Ferrarien.; (IV kal. jul., pontificatus Innocentii Papæ VI a. X.) — I. e. m. Parmen. et Vercellen. ep. is, ac Joanni de Parma præp. eccl. s. Agathæ de s. Agatha, Vercellen. di. (*A.* 152, f. 86 a.)

Ut s. T. XIV, XVI.

411. — *Ghiselberto de Zile,* can. præben. eccl. Trajecten.. collat. supplementi ejusd. eccl. vac. per resignat. Goswini de Meers; non obst. paroch. eccl. in Loesden, Trajecten. di.; (id. apr., pontificatus Innocentii Papæ VI a. X). — I. e. m. ep. o Tullen., et præp. Agathen., ac Arnaldo de Hoerne can. Colonien. eccl. (*A.* 152, 86 b.)

Ut s. T. XXX.

412. — *Decano s. Petririvorum et Petro de Damterille can. majoris Aurelianen. eccl., ac officiali Aurelianen.* mand. ut Joanni de Boscomonachorum conferant canon., præb. et

Datum *Avenione.*

succentoriam, eccl. s. Aniani Aurelianen.. vac. per resignat. Joannis le Ratif, ex causa permutat. cum paroch. eccl. s. Petri in Viapetrosa, Aurelianen. di., ap. S. A. factam ; non obst. domo leprosariæ s. Lazari de Nigeneria, dictæ di., consueta in perp. benef. assignari ; cum clausura prov. jam factæ tempore Innocentii P. P. VI, (*A.* 152, f. 115[a].)

8 nov. 1362.
T. XIII, XV.

413. — *Hugoni de Rebemgigiis* collat. perp. capell. s. c. capellæ B. M. Magdalenæ in castro Misnen., vac. per obit. ap. S. A. Nicolai Ebirhardi ; non obst. canon. et præb. eccl. de Capdroto, Sarlaten. di. ; (VII kal. maii, pontificatus Innocentii P. P. VI, a. IX.) — I. e. m. abb. monast. s. Nicolai Andegaven.. et decano eccl. s. Agricoli Avenionen., ac officiali Misnen. (*A.* 152, f. 118[b].)

Ut s.
T. XXII.

414. — *Abb. monast. Obasinæ, Lemovicen. di.*, mand. ut. consid. Petri S. M. Novæ diac. card., Joanni Calveti, dilecto suo, presb. Lemovicen di., conferat paroch. eccl. s. Genesii, Tutellen. di., per assecutionem paroch. eccl. s. Medardi, Lemovicen. di., Petro Maurelli per P. P. collatæ in brevi vacat. ; (XII kal. jan., pontificatus Innocentii P. P. VI, a. X.) (*A* 152, f. 120[a].)

Ut s.
T. XIII 1/2, XV 1/2.

415. — *Valasco Gondisalvi* collat. canon. et præb. eccl Bracharen., vac. per obit. ap. S. A. Petri ep. i Prænestin. ; non obst. paroch. eccl. s. Eulaliæ de Pensalvis, Bracharen. di., canon. et præb. Elboren. et archidiac. dictæ Bracharen. eccl. ipsi per Innocentium P. P. VI collati, litt. apost. super hujusmodi collat. non confectis ; (X kal. jul., pontificatus ejusd. Innocentii a. X.) — I. e. m. S. M. de Palumbario et s. Michaelis de Resoyos, Bracharen. di., monast. abb., ac decano eccl. s. Agricoli Avenionen. (*A.* 152, f. 121[a].)

Ut s.
Gr.

416. — *Petro Avenant,* collat. paroch. eccl. de Laudenaut, Veneten., di., vac. per obit ap. S. A. Jacobi de Kervelet ; non obst. defectu natalium, cum sit de soluto genitus et soluta ; (XI kal. jul., pontificatus Innocentii Papæ VI a. X.) — I. e. m. ep.o Vabren., et Joanni Halgomari can. eccl. Veneten., ac officiali Veneten. (*A.* 152, f. 124[a].)

Ut s.
T. XIII 1/2, XV 1/2.

417. — *Joanni de Bordis,* in leg. baccal., collat. paroch. eccl. de Alingio, Gebennen. di.. vac. per obit. ap. S. A. Bernardi s. Eustachii diac. card. ; cassatur gratia exp. benef., c. c. vel. s. c., pertin. ad disposit. archiep. i Narbonen. ; (kal. aug., pontificatus Innocentii Papæ VI, a X. — I. e. m. ep. o Morinen., et decano eccl. Gebennen. ac officiali Gebennen. (*A.* 152. f. 130[a].)

Ut s.
T. XXII.

418. — *Ep. o Convenarum et s. Agricoli ac s. Petri Avenionen. eccl. decanis* mand. ut Joanni de Jaurens, cler. Lemovicen. di., conferant paroch. eccl. s. Desiderii, Anicien. di., vac. per obit. Rogerii de S. Desiderio, et eid. Joanni nulliter a. b. me. Joanne ep.o Anicien. jam collatam. nam defectum patiebatur in ætate ; non obst. quadam perp. capellania s. c. castri Rossilioniæ, Elnen. di. ; cassatur gratia exp. benef. c. c. vel s. c. ad ep.i Mirapiscen. collat. pertin., et dispensatur cum eo super prædicto ætatis, (23 an.), et ord. defectibus ; (V kal. julii, pontificatus Innocentii Papæ VI a. X.) (*A.* 152, f. 142[a].)

Ut s.
T. XIV, XVI.

419. — *Joanni de Carreriis* collat. archipresb. de Nigromonte, cum paroch. eccl. s. Andreæ eid. annexa, Albien. di., vac. per obit. ap. S. A. Guidonis de Riperia ; non obst. canon. et præb. eccl. Bracharen. super quibus diu in palatio apost. litigavit, et III diffinitivas sententias obtinuit ; (VIII kal. aug., pontificatus Innocentii Papæ VI a. IX.) — I. e. m. ep. o Æduen. et sacristæ eccl. Avenionen ; ac officiali Albien. (*A.* 152, f. 143[a].)

Ut s.
T. XIII, XV.

420. — *Jacobo Joannis de Casentino* collat. paroch. eccl. S. Mammæ de Pino, Bononien. di., vac. per obit. ap. S. A. Joannis de Carpanis de Mediolano. (VI kal. aug., pontificatus Innocentii Papæ VI a. X.) — I. e. m. præp. eccl. s. Stephani de Prato, et

Datum *Avenione*.

s. Joannis in Persiceto, ac s. Petri de Bagnacavallo, Pistorien, Bononien. et Faventin. di., plebium archipr. is. (*A.* [1] 152, f. 149 b.)

8 nov. 1362. T. XIV, XV. **421**. — *Joanni dicto Binghæ*, collat. canon. et præb. eccl. s. s. Petri et Pauli apostorum de Wissegrado prope Pragam, vac. per resignat. Willelmi de Sleyda ex causa permutat. cum alt. s. Joannis Evangelistæ sito in eccl. colleg. s. Cæciliæ Colonien. ap. S. A. factam ; non obst. canon., præb. et thesausaria eccl. Bunnen. Colonien. di. ; (IX kal. jan., pontificatus Innocentii Papæ VI, a. IX.) — I. e. m. Pragen. et s. Agricoli decanis, ac sacristæ majoris Avenionen. eccl. (*A.* 152, f. 155 b.)

Ut s. T. XIV, XVI. **422**. — *Theodorico dicto Snæc. nato Henrici dicti Buckencop*, collat. altaris s. Catherinæ siti in eccl. de Erpe, Leodien. dir, vac. per obit. ap. S. A. Leonii de Erpe ; cassatur gratia exp. benef. s. c. ad collat. rectoris eccl. de Orten et de Buscoducis invicem unitarum, dictæ di. ; (VIII kal. sept., pontificatus Innocentii papæ VI, a. IX.) — I. e. m. ep. o Leodien., et decano ac scolat. eccl. s. Crucis Leodien. (*A.* 152, f. 166 b.)

Ut s. T. XXIV. **423**. — *Officiali Cabilonen.*, mand. ut Joanni de Mouter conferat paroch. eccl. de Drecoyo, Cabilonen. di., vac. per obit. ap. S. A. Bernardi s. Eustachii diac. card. ; non obst. in. s. Georgii Cabilonen. canon., et in Cabilonen eccl. perp. benef. choraria nuncupato ; paroch. vero eccl. de Marnayo, dictæ di. dimittat ; (id. jul., pontificatus Innocentii Papæ VI, a. X.) (*A.* 152, f. 178 b.)

Ut s. T. XIV, XVI. **424**. — *Borchardo de Beverstede*, collat. perp. vicariæ eccl. Bremen., vac. per resignat. Thiderici de Westerem ex causa permutat. cum paroch. eccl. in Beverstede, Bremen. di., ap. S. A. factam. (IX kal. jan., pontificatus Innocentii Papæ VI, a. IX.) — I. e. m. s. Cuniberti et s. s. apostolorum. Colonien. præp., ac decano s. Agricoli Avenionen. eccl. (*A.* 152, f. 194 a.)

Ut s. Gr. **425**. — *Mag. Thomæ Cantis*, Papæ script., collat. canon. et præb. eccl. Fulginaten., vac. per obit. ap. S. A. Guidonis Cantis, Papæ script. ; non obst. quod unum s. c. ad ep. i Fesulan., et præp. et capit. eccl. Fesulan., et aliud c. c. beneficia ad plebani et capit. s. Andreæ de Empoli, Florentin. di., eccl., collat. pertin. expectet. — I. e. m. abb. monast. s. Crucis de Saxovivo et priori sæcul. s. Joannis Florisflammæ, Fulginaten di., ac præp. Avenionen eccl. (*A.* 152, f. 203 b.)

Ut s. T. XXIII. **426**. — *Officiali Claromonten.* mand. ut Guillelmo Sapientis, cler. Lemovicen. di., conferat canon. et præb. eccl. s. Petri Claromonten., vac. per obit. Joannis Servientis, succollectoris in civit. et di. Claromonten. ; (XVII kal. jan. pontificatus Innocentii Papæ VI, a. IX.) (*A.* 152. f. 214 b.)

Ut s. **427**. — *Officiali Burdegalen.* mand. ut Arnaldo de Fortia cler. Petragoricen. di., conferat, consid. Talayrandi ep. i Albanen., canon. et præb. eccl. Burdegalen, vac. per obit. ap. S. A. Guillelmi de Fortia ; (IV kal jul., Pontificatus Innocentii Papæ VI, a X.) (*A.* 152, f. 219 a.)

Ut s. **428**. — *Præp. Erriden., Eysteten. di., et Georgio de Losan ac Conrado de Rapphingen. can. Eysteten. eccl.*, mand. ut Ulrico de Leonrod, can. præben. eccl., Eysteten., conferant scolastriam ejusd. eccl., quam Hermannus de Scaus post assecutionem paroch. eccl. in Eyselden, Eysteten. di., non dimisit prout tenebatur ; non obst. canon. et præb. eccl. Frisingen., ac præpositura eccl. Ilunnistren. (?) dictæ di., quam dimitt. tenetur ; (XI kal. nov., pontificatus Innocentii Papæ VI, a. IX.) (*A.* 152, f. 224 a.)

Ut s. T. XXII. **429**. — *Abb. sæcul. Visecen., Leodien. di., et decano s. Joannis ac cant. s. Dionysii Leodien. eccl.*, mand. ut Hermanno Sudermann conferant paroch. eccl. de Oysies, Leodien.

1. Note marginale : *Cassata de mandato.*

Datum *Avenione.*

di., de jure vac. nam Joannes natus quond. Verrety de Honay, presb. Leodien. di., una tantum dispens. obtenta super defectu natalium ipsam cum Joanne dicto Blandias de Dyanante pro eccl. de Huyet, dictæ di., permutare præsumpsit ; non obst. in Nuhusen., extra muros Wormacien, cum præb., et in s. Mauritii extra muros Monasterien. eccl. sub exp. præb. canon.; (XVI kal. sept., pontificatus Innocentii Papæ VI, a. VIII. (*A*. 152, f. 225 b.)

8 nov. 1362. T. XVIII. **430**. — *Præp. et decano ac scolast. eccl. s. Petri Argentinen.*, mand. ut Ulrico Valtzonis, cler. Argentinen., conferant, consid. Ludovici regis Hungariæ, paroch. eccl. in Kestenholtz, Argentinen. di., de jure vac. ex eo quod Joannes natus quond. Anselmi advocati in Gischeim absque dispens. se non fecit ad sacerdotium promoveri, dum ipsam possidebat ; non obst. quod benef. s. c. in eccl. Argentinen, expectet ; (VIII kal. aug., pontificatus Innocentii Papæ VI a. X.) (*A*. 152, f. 227 b.)

Ut s. T. XXIII. **431**. — *Officiali Parisien.*, mand. ut Guerino nato n. v. Roberti de Lorriaco mil., conferat canon. et præb. eccl. Carnoten., per obit. Fulcaudi de Rupe Cavardi ap. S. A. prævia speciali reservat. vac. ; non obst. canon. et præb. eccl. Noviomen. (III non. maii, pontificatus Innocentii Papæ VI a. X.) (*A*. 152. f. 241 b.)

Ut s. **432**. — *Ep. o Coronen.*, mand. ut Joanni de Molino conferat plebanatum colleg. et curatæ plebis s. Thomæ de Venetiis, Castellan. di., vac. per obit. ap. S. A. Joannis Natalis ; non obst. perp. benef. plebanatu muncupato in dicta plebe ; (VI id. jun., pontificatus Innocentii Papæ VI, a. X.) (*A*. 152, f. 258 b.)

Ut s. **433**. — *Officiali Montisalban.*, mand. ut Guillelmo Beleti, cler. Petragoricen. di., conferat, consid. Talairandi ep. i Albanen., decanatum ruralem Medunten., Carnoten. di., vac. per obit. ap. S. A. Guillelmi de Fortia ; (IV kal. jul., pontificatus Innocentii Papæ VI, a X.) (*A*. 152, f. 259 a.)

Ut s. T. XIV, XVI. **434**. — *Valasco Gundisalvi*, in j. can. perito., collat. archidiac. de Neva, in eccl. Bracharen., vac. per obit. ap. S. A. Raimundi de Casanque; non obst. paroch. eccl. s. Eulaliæ de Peussalvis, Bracharen. di., et canon. et præb. Elboren. et dictæ Bracharen. eccl. (X kal. jul., a. X pontificatus Innocentii Papæ VI, ad quem dictus Valascus pro certis negotiis per Petrum Portugaliæ regem missus fuit.) — I. e. m. de Reffeyes de Basto. et de Adahuffe, Bracharen, di., monast. abb. ac decano s. Agricoli Avenionen. (*A*. 152, f. 267 a.)

Ut s. T. XVI, XVIII. **435**. — *Cadentio Galterutii*. collat. canon., præb. et archipresb. eccl. Brixien., necnon perp. benef. s. c., clericatus nuncupati in eccl. s. Desiderii Brixien., vac. per consecrat. Fei ep. i Calinen. ; (VII kal. maii, pontificatus Innocentii Papæ VI, a. IX.) — I. e. m. ep. o Tudertin., et præp. Apten., ac archipr. Urbevetan. eccl. (*A*. 152, f. 270 a.)

Ut s. T XX. **436**. — *Abb. s. Emmerani Ratisponen., et præp. in Bor, Ratisponen. di., per præp. soliti gub., monast., ac decano eccl. s. Joannis Ratisponen*, mand. ut Paulo dicto Colkolver conferant paroch. eccl. s. Mauritii in Fucoltat, Eysteten. di., quam Cunradus de Augusta, pro can. Frisigen. se gerens, licet inhabilitatem. plures paroch. eccl. detinendo,incurrisset, absque dispens. detinuit; consid. Caroli Roman. imperat. et Boemiæ regis; cum obligatione dimittendi in Hohenwart, et in Swanaschurchen, super qua in palatio apost. litigat, paroch. eccl., Augusten. et Patavien di. ; (IV kal. jul., pontificatus Innocentii Papæ VI, a. X.) (*A*. 152, f. 272 b.)

Ut s. **437**. — *Decano s. Agricoli Avenionen. et archid. Urgellen. eccl., ac officiali Arelaten.* mand. ut Nicolao Simonis de Vendresca, cler. Remen. di., in camera apost. servitori, conferant capellam s. Gabrielis, s. c., Arelaten. di., vac. per assecutionem canon. et præb.

Datum *Avenione.*

eccl. Vasionen. cum suis annexis, ac ruralis eccl. s. c. B. M. de Porporetiis, Vasionen., Bernardo de Marcumba auct. apost. collatorum; cassatur gratia exp. benef. s. c. ad collat. abbatissæ et conv. monast. s. Petri ad moniales Remen., O. S. B.; (II id. sept., pontificatus Innocentii Papæ VI, a. VIII.) (*A.* 152, f. 274 a.)

8 nov. 1362. T. XXIII.

438. — *Officiali Claromonten.* mand. ut Joanni Sapientis, cler. Lemovicen. di., conferant canon. et præb. eccl. s. Genesii Claromonten., vac. per obit. Joannis Servientis, succollectoris in civit. et di. Claromonten.; (XVII kal. jan., pontificatus Innocentii Papæ VI, a. IX.) (*A.* 152, f. 292 b.)

Ut s. T. XIV 1/2, XVI 1/2.

439. — *Joanni Ernoys* collat. paroch. eccl. de Monte Firmolio, Parisien. di., (40 lib. Paris.), quam ipse ad consequendum paroch. eccl. B. M. de Pontibus supra Yonam, Senonen. di., cui gravia incumbunt onera, resignaverat; non obst. capella de Gallicantu et perp. capell. in eccl. B. M. de Meleduno, dictæ di., pro quibus dictam paroch. eccl. de Pontibus permutaverat; (IV id. aug., pontificatus Innocentii Papæ VI a. X.) — I. e. m. abb. monast. s. Genovefæ Parisien., et decano eccl-s, Agricoli Avenionen., ac officiali Parisien. (*A.* 152, f. 301 b.)

Ut s. T. XIV, XVI.

440. — *Georgio Alberti de Modrussio,* in j. can. studenti, collat. canon. et præb. eccl. Quinqueecclesien,, in qua de archidiac. Tolnen. fuit provisus, vac. per promotionem Nicolai ad episcopatum Tragurien. — I. e. m. ep, o Nitrien. et abb. monast. Perhvaraden., Quinqueecclesien. di., ac decano eccl. s. Agricoli Avenionen. (XI kal. sept., pontificatus Innocentii Papæ VI, a. X.) (*A.* 152, f. 318 a.)

Ut s. Gr.

441. — *Eid.*, collat. archidiac. Tolnen. in eccl. Quinqueecclesien., ut s.; (XV kal. sept., pontificatus Innocentii Papæ VI, a. X.) — I. e. m. ep. o et abb. supradictis, ac præp. eccl. Avenionen. (*A.* 152, f. 320 b.)

Ut s. T. XIII, XV.

442. — *Hesfrico Joannis de Schore de Wormatia,*collat. perp. vicariæ alt. S. M., siti in eccl, s. Andreæ Wormatien., vac. per resignat. Petri de Gugenheynn ex causa permutat. cum perp. vicaria alt. S. M. Magdalenæ Nuhusen, extra muros Wormatien., ap. S. A. factam; (non. maii, pontificatus Innocentii Papæ VI, a. X.) — I. e. m. s. Agricoli Avenionen. et s. Stephani, ac s. Joannis Maguntin. eccl. decanis. (*A.* 152, f. 324 a.)

Ut s. T. XXX.

443. — *Officiali Petragoricen.*, mand. ut Oliverio Bruschardi, cler. Petragoricen. di., conferat canon. et præb. eccl. Engolismen., vac. per resignat. Joannis Bruschardi; (VI id. oct., pontificatus Innocentii Papæ VI a. VIII.) (*A.* 152, f. 343 a.)

Ut s. T. XXII.

444. — *Decano s. Agricoli Avenionen. et cant. ac thesaur. Calaguritan. eccl.*, mand. ut Lupo de Elio, in decr. baccal., conferant canon. et præb. eccl. Calaguritan. cum prestimoniis et præstimonialibus portionibus, vac. per obit. ap. S. A. Ferdinandi Sancii de Ayala; cassatur prov. canon. sub exp. præb. dictæ eccl., cujus virtute præfatas præb. et portiones ignoranter acceptaverat; non obst. paroch. eccl. de Lerinquartar, Pampilonen. di., (non. maii, pontificatus Innocentii papæ VI, a. X.) (*A.* 152, f. 359.)

Ut s. T. XXIV.

445. — *Officiali Petragoricen.*, mand. ut Bernardo Bruscardi conferant canon. et præb. eccl. Engolismen., vac. per resignat. ap. S. A. Heliæ Brochardi; non obst. in de Camone et in Casilhaco, Narbonen. di., II perp capell. (XI kal. oct., pontificatus Innocentii Papæ VI a. VIII.) (*A.* 152, f. 365 b.)

Ut s. Gr.

446. — *Decano s. Agricoli Avenionen. et archid. Tarantasien. eccl. ac officiali Gratianopolitan*, mand. ut mag. Joanni Carreriæ, baccal. in leg., alias Flandini, Papæ script., conferant canon. et præb. eccl. Maurianen. jam dicto Joanni ab Amedeo ep.o Maurianen. collata, licet vac. per obit. ap. S. A. Joannis Agnerii; non obst. paroch. eccl.

Datum *Avenione.*

de Salenchia, Gebennen. di.; (non. maii, pontificatus Innocentii Papæ VI a. X.) (*A.* 152, f. 393 b).

8 nov. 1362. T. XX 1/2.

447. — *Ep. o Frequentin.* mand. ut Nicolao Vini de Mirabella, can. Beneventan.; conferat canon. et præb. eccl. Militen., vac. per resignat. Guillelmi de Mileto; cum obligatione dimittendi canon. Beneventan. et Rapollan. eccl., ac de Mirabella, s. Nicolai s. Basilii et s. Mercarii eccl., Frequentin. di. (IV kal. sept., pontificatus Innocentii Papæ VI a. IX.) (*A.* 152, f. 402 b.)

Ut s. T. XXIII.

448. — *Ep. o Amelien.* mand. ut Stephano Galliphi de Salmano, cler. Tudertin. di., conferat priorat. sæcularis, curatæ et colleg. eccl. s. Bartholomæi de Canonica filiorum Fusci, Tudertin. di., vac. per resignat. Andreæ Violantis de Salmano; (non. maii, pontificatus Innocentii Papæ VI, a. X.) (*A.* 152, f. 403 b.)

Ut s. T. XX.

449. — *S. Agricoli Avenionen., et s. Martini, ac. s. Crucis Leodien. eccl. decanis,* mand. ut Joanni de Bronio alias dicto Prestin, cler. Leodien. di., famil. Petri S. M. Novæ diac. card., conferant alt. s. Donati situm in eccl. s. Joanis Leodien., vac. per obit. ap. S. A. Geraldi Waspar; cassatur gratia exp. benef. c. c. vel s. c. ad collat. abb. sæcul. eccl. B. M. Cennaten., dictæ di.; (IV id. maii, pontificatus Innocentii Papæ VI. a. X.) (*A.* 152, f. 421 a.)

Ut s. T. XIII, XV.

450. — *Henrico dicto Reep* collat. canon. præb. et supplementi, alias ferculi nuncupati, eccl. Xancten., Colonien. di., vac. per obit. ap. S. A. Tilmanrii de Nussia; non obst. quod in Padeburnen. canon. et præb., ac obedientias, obtineat, et in Monasterien. de canon., præb. ac off. in Gronhoner nuncupato ac in de Weners de uno et in de Blomberg eccl., Padeburnen. di., de alio perp. benef. simplicibus ac dictamentis aut supplementis vel personatibus nuncupatis provisus sit; (X kal. jul., pontificatus Innocentii Papæ VI, a. IX). — I. e. m. Werden. et Wischelen., Colonien. di., ac s. Agricoli Avenionen. eccl. decanis. (*A.* 152, f. 443 a.)

Ut s. T. XIX 1/2.

451. — *Abb. monast. s. Bartholomæi Noviomen., et decano s. Agricoli Avenionen, ac officiali Noviomen.*, mand. ut Nicolao Simonis, cler. Remen. di., conferant capellam de Wariponte s. c., Noviomen. di., vac. per obit. Roberti de Wariponte, succollectoris in civit et di Cameracen., non obst. capellaniis de S. M. in paroch. eccl. s. Simplicii de Clastris, et de Capellæ s. Gabrielis, Noviomen. et Arelaten. di.; (kal. febr., pontificatus Innocentii Papæ VI, a. IX.) (*A.* 152. f. 455 b.)

Ut s. T. XX.

452. — *Præp. s. Cuniberti Colonien., et S. M. ad Gradus Colonien. ac s. Agricoli Avenionen. eccl. decanis,* mand. ut Monrico dicto Kebbe conferant paroch. eccl. in Holtz. wilre, Colonien. di., vac. per obit. ap. S. A. Gerlaci dicti Cuelaker, non obst. canon. et præb. eccl. Assinden., dictæ di.; (VII kal. oct., pontificatus Innocentii Papæ VI, a. IX.) (*A.* 152, f. 457 b.)

Ut s. T. XIV 1/2. XVI 1/2.

453. — *Nicolao de Peronibus, alias dicto de Pruizo,* collat. canon. et præb. eccl. Regen.. (25 flor. auri), vac. per obit. ap. S. A. Hugolini Placentinis de Regio; non obst. perp. simplice benef. in altare s. Ivonis sito in eccl. s. Prosperi de Castello Regin., et in ead eccl. canon. sub. exp. præb; (V kal. jul., pontificatus Innocentii Papæ VI, a. X); cum mentione dispens. super defectu natalium cum sit de presb. et soluta gen., per dictum Innocentium concessæ. — I. e. m. archiep. o Mediolanen., præp. eccl. s. Prosperi de Castello Regin.. et archipr. plebis de Bagnollo, Regin. di. (*A.* 152, f. 461 b.)

Ut s. T. XIII. XV.

454. — *Aimerico Pelicerii* collat. canon. et præb. eccl. Ravennaten. vac. per resignat. alterius Aimerici Pelicerii. (III non. maii, pontificatus Innocentii Papæ VI, a. IX.) — I. e. m. ep. o Bononien. et s. Agricoli, ac s. Petri Avenionen. eccl. decanis. (*A.* 152, f. 480 b.)

Datum *Avenione.*

8 nov. 1362.

455. — *Mag. Jacobus Gay*, cler. Pistorien., subrogatur quond. Guidoni de Aretio ap. S. A. defuncto, in off. scriptoriæ litt. apost. ; (X kal. jul. pontificatus Innocentii Papæ VI a. X.) (*A.* 152, f. 481 b.)

Ut s. Gr.

456. — *Mag. Petro Putii de Sarlupis de Urbe*, leg. doct., collat. canon. et præb. eccl. Vercellen., vac. per consecrat. Stephani ep. i, Cuman., (kal. jul., pontificatus Innocentii Papæ VI a. X), qua die de prioratu sæcul. et colleg. eccl. s. Viti de Montali, Perusin. di. ; provisus fuit. — I. e. m. ep. o Papien., et decano s. Agricoli, ac archipr. s. Desiderii eccl. Avenionen. (*A.* 152, f. 502 a.)

Ut s. T. XIX.

457. — *Archid. et Bernardo de Gardiano can. eccl. Conseranen., ac officiali Conseranen.*, mand. ut Simoni de Rore, cler. Conseranen. di., conferant perp. benef. præbendariam nuncupatum in eccl. Conseranen., propter diutinam vacationem S. A. devolutum ; (VIII kal. nov., pontificatus Innocentii Papæ VI a. V.) (*A.* 152, f. 540 a.)

Ut s. T. XIX.

458. — *Mag. Thomæ de Paxton, can. Lincolnien., Papæ cap., et causarum palatii apost. auditori*, mand. ut subroget Henricum dictum Walth, cler. Basilien., in omni jure Joanni de Wallat, presb., ex collat. apost. competenti super canon. et præb. eccl. s. Petri Basilien. ; cassatur gratia exp. benef. ad collat. præp. et capit. eccl. s. Amerini, Basilien. di. ; (III kal. sept., pontificatus Innocentii Papæ VI a. VIII.) (*A.* 152, f. 543 a.)

Ut s. T. XIX.

459. — *Arnaldus Gavini* subrogatur in omni jure Willelmo de Okeburn ex collat. apost. competenti in canon. et præb. de Rissehoppton, in eccl. Saresbirien., super quibus contra Arnaldum Pelegrini III sententias id. Willelmus obtinuerat diffinitivas ; non obst. in Lomberien. canon. et præb., et in Caturcen. eccl. off. ebdomadariæ, ac paroch. eccl. de Palhargiis, Caturcen. di., quam dimitt. tenetur., (id. jul., pontificatus Innocentii Papæ VI a. X.) (*A.* 152. f. 553 a.)

Ut s. T. XV XVI.

460. — *Henrico de Cauzana*, conf. præpositura eccl. s. Petri de Mezate, Mediolanen. di., vac. per resignat. Joannis de Cauzana, ex causa permutat. cum paroch. eccl. s. Victoris de Brianza, dictæ di., ap. S. A. factam, non obst. canon. et præb. in s. Teclæ Mediolanen. et s. Petri de Beulcho, dictæ di. eccl., super quibus in palatio apost. litigat. — I. e. m. abb. monast. s. Vincentii, et præp. s. Teclæ, ac primicerio Mediolanen. eccl. (VIII kal. julii, pontificatus Innocentii Papæ VI a VII.) (*A.* 152, f. 584 b.)

Ut s. T. XXIII.

461. — *Officiali Tutellen.* mand. ut Petro Rocho, cler. Lemovicen. di., conferat canon. et præb. eccl. s. Joannis Trajecten., vac. per obit. ap. S. A. Petri de S. Michaele ; (IV kal. jan., pontificatus Innocentii Papæ VI a. IX.) (*A.* 152, f. 587 b.)

Ut s. T. XII 1/2, XIII 1/2.

462. — *Ottoni de Bramen.*, cler. Trajecten. di., reservatur paroch. eccl. s. Gertrudis Trajecten. (15 march. arg.), per assecutionem personatus vel off. eccl. Trajecten. Willelmo de Zile per P. P. collati in brevi vacat. ; (kal. febr., pontificatus Innocentii Papæ VI a. IX.) — I. e. m. abb. monast. in Oesbroke, extra muros Trajecten., et s. Agricoli Avenionen., ac Aldensalen. Trajecten. di., eccl. decanis. (*A.* 152, f. 588 a.)

Ut s. T. XX.

463. — *Præp. Arosien., et decano s. Agricoli Avenionen., ac archid. Lincopen. eccl.*, mand. ut Joanni Michaelis conferant canon. et præb. eccl. Upsalen., vac. per obit. Benedicti Joannis, succollectoris in civit. et di. Ispalen. ; non obst. in Ripen. et Slewicen. canon. et præb., et in de Emberlesivilla eccl. altare B. M. V. et paroch. eccl. de Villabrumini, quod et quam dimitt. tenetur, ac prov. ruralis præposituræ dictæ Vichæ, Slewicen. di. ; (IV id. maii, pontificatus Innocentii Papæ VI a. X.) (*A.* 152, f. 589 a.)

Datum *Avenione.*

8 nov. 1362. T. XIV, XVI.

464. — *Guillelmo de Jaurens,* cler. Lemovicen. di., reservatur paroch. eccl. de Venterone, S. Pontii Thomeriarum di., per assecutionem. paroch. eccl. de Salsis, Elnen. di., Joanni de Bosco per P. P. collatæ in brevi vacat. (VII kal. oct., pontificatus Innocentii Papæ VI a. IX.) — I. e. m. decano s. Agricoli Avenionen., et præp. Mimaten. eccl., ac. officiali s. Pontii Thomeriar. (*A.* 152, f. 594 a.)

Ut s. T. XVIII.

465. — *S. M. ad Gradus Maguntin. et s. Agricoli Avenionen., ac. s. Petri extra muros Maguntin. decanis eccl.*, mand. ut Sifredo Cantzemanin de Edichynsteyn, presb. Treveren. di., conferant paroch. eccl. inferioris Flaynstad, Maguntin. di., quam Petrus de Glydse diu tenuit ad sacerdotium non promotus ; (IV id. maii, pontificatus Innocentii Papæ VI a. X.) (*A.* 152, f. 597 a.)

Ut s. T. XX.

466. — *Officiali Eboracen.*, mand. ut Joanni de Blebury conferant canon. et præb. eccl. s. Joannis de Beverlaco, Eboracen. di., vac. per obit. Ricardi Deffereby ; non obst. paroch. eccl. de Brughewelle, Saresbirien. di., et in eccl. monast. de Willon. O. S. B., ejusd. di., off. s. c., diaconali nuncupato : (XVI kal. maii, pontificatus Innocentii Papæ VI a. V.) (*A.* 152, f. 598 b.)

Ut s. T. XXIII.

467. — *Officiali Lugdunen.*, mand. ut Guillelmo Mathæi conferat paroch. eccl. de Beings, Gebennen. di., vac. per obit. ap. S. A. Bernardi s. Eustachii diac. card. ; non obst. in s. Pauli et in s. Tomæ de Forverio Lugdunen. eccl. canon. et præb. (id. jul., pontificatus Innocentii Papæ VI a. X.) (*A.* 152, f. 604 b.)

Ut s. T. XXI.

468. — *Scotorum extra muros Herbipolen. et s. Stephani monast. abb., ac decano eccl. s. Joannis Novimonasterii Herbipolen.*, mand. ut Engelhardo Conradi de Nideke conferant paroch. eccl. in Malhusen, Herbipolen. di., propter diutinam vacationem S. A. devolutæ ; non obst. canon. sub exp. præb. eccl. Herbipolen. ; (II non. sept., pontificatus Innocentii Papæ VI a. VI.) (*A.* 152, f. 608 a.)

Ut s. T. XIV, XVI.

469. — *Bernardo Arnaldi,* collat. cantoriæ eccl. s. Aredii, Lemovicen. di., quæ dign. existit, et ad quam quis consuevit per electionem assumi, vac. per assecutionem præcentoriæ eccl. Biterren. Thomæ Auterii per P. P. collatæ ; non obst. canon. et præb. dictæ eccl. s. Aredii, et defectu ætatis ; (V kal. jul., pontificatus Innocentii Papæ VI a. ultimo.) — I. e. m. ep. o Lemovicen., et priori monast. Castalien., per prior. soliti gub., Lemovicen. di., ac officiali Tolosan. (*A.* 152, f. 617 b.)

Ut s. T. XIII, XV.

470. — *Joanni Lestatga* collat. paroch. eccl. s. Juliani prope Bartum, Lemovicen. di., vac. per resignat. Gerardi Lestatga ex causa permutat. cum perp. vicaria alt. B. M. siti in eccl. monast. s. Angeli, O. S. B., ejusd. di., ap. S. A. factam ; (III non. maii, pontificatus Innocentii Papæ VI a. IX.) — I. e. m. abb. monast. de Maymaco, Lemovicen. di., et decano eccl. s. Agricoli Avenionen., ac officiali Lemovicen. (*A.* 152, f. 625 b.)

Ut s. T. XI 1/2, XIII 1/2.

471. — *Martiali Juliani* collat. paroch. eccl. de Chaustaco, Caturcen. di., cum eccl. de Maruhaco sibi canonice annexa, vac. per assecutionem decanatus eccl. s. Ilarii Pictaven., Aimerico de Marcello auct. apost. collati, cum obligatione dimitt. decanatum eccl. B. M. Mediimonasterii Bituricen. (id. jul., pontificatus Innocentii Papæ VI a. X.) — I. e. m. decano s. Agricoli Avenionen., et Joanni Giciti can. Bituricen. eccl., ac officiali Caturcen. (*A.* 153, f. 3 a.)

Ut s. T. XIII, XV.

472. — *Colmanno de Ybs* collat. paroch. eccl. s. Michaelis in Logaw, Salzeburgen. di., vac. per resignat. ap. S. A. factam ab Octone de Ovenstenten, non obst. paroch. eccl. in Hombam, Ratisponen. di., quam dimitt. tenetur, et benef. perp., præbenda nuncupato in eccl. s. Pauli Ratisponen. ; (non. maii pontificatus Innocentii Papæ VI

Datum *Avenione.*

a. X). — I. e. m. præp. Salzeburgen., decano s. Agricoli Avenionen., et thesaur. Ratisponen. eccl. (*A.* 153, f. 3 [b].)

8 nov. 1362. Gr. pro Deo.

473. — *Roderico Sancii*, collat. perp. simplicis benef. in eccl. s. Crucis de Eciia, Ispalen. di., vac. per resignat. ap. S. A. factam a Petro Tenoro ; (IX kal. jan., pontificatus Innocentii Papæ VI a. IX.) — I. e. m. Ispalen. et s. Agricoli Avenionen. decanis, ac Nicolao Petri archid. de Eciie ejusd. Ispalen. eccl. (*A.* 153, f. 4 [b].)

Ut s. T. XX.

474. — *Ep. o Oloren. et abb. monast. Sorduen., Aquen. di., ac decano eccl. s. Agricoli Avenionen.*, mand. ut Petro Duhant conferant paroch. eccl. de Leone, Aquen. di., super qua Sicardus de Batuto, ap. S. A., et Petrus Arnaldi, extra curiam defuncti, apud dictam sedem litigabant, non obst. in Astoricen. et Burgen. canon. et præb., cum prestimoniis, ac in s. Petri de Oirano, dictæ di., benef. perp. s. c., subdiaconatu nuncupato, necnon aliis præstimoniis in di. Burgen, super quibus in palatio apost. litigat ; (XI kal. jul., pontificatus Innocentii Papæ VI a. X.) (*A.* 153, fr. 5 [a].)

Ut s. T. XIV, XVI.

475. *Jacobo Mallayanatea*, can. præben. eccl. Capuan., collat. perp. benef., præbendæ sacerdotalis, alias Cuniarchatus nuncupati in eccl. Neapolitan., vac. per resignat. Jacobi Gangæ ex causa permutat. cum cantoria eccl. Idrontin. ap. S. A. factam ; (id. apr., pontificatus Innocentii Papæ VI a. X.) — I. e. m. S. M. de Capella et s. Demetrii Neapolitan. monast. abb., ac archid. eccl. Beneventan. (*A.* 153, f. 7 [b].)

Ut s. T. XIII, XV.

476. — *Joanni Bresseti*, can. præben. eccl. B. M. de Namurco, Leodien. di., collat. paroch. de Asche, dictæ di., vac. per resignat. ap. S. A. factam ab Iudoco Parion ; (XI kal. sept. pontificatus Innocentii Papæ VI a. X.) — I. e. m. abb. monast. Arularum, Elnen. di., decano eccl. s. Martini Leodien., et officiali Leodien. (*A.* 153, f. 9 [b].)

Ut s. T. XIV, XVI.

477. — *Theoderico Polleyn* collat. perp. capell. in paroch. eccl. Partiumwalacriæ prope Middelburch, Trajecten. di., vac. per resignat. Joannis de Callier, ex causa permutationis cum perp. vicaria eccl. s. Joannis Trajecten. ap. S. A. factam ; non obst. medietate paroch. eccl. de Coudekerke per II solitæ gub. rectores, et gratia exp. benef. c. c. vel s. c. ad collat. decani et capit. eccl. B. M. Antwerpien., Trajecten. et Cameracen. di. ; (non. maii, pontificatus Innocentii Papæ VI, a. X.) — I. e. m. decano s. Cuniberti Colonien., et Joanni Mercerii Engolismen., ac Joanni Tserniclais Cameracen. can. eccl. (*A.* 153, f. 11 [a].)

Ut s. T. XIII 1/2, XV 1/2.

478. — *Nicolao de Bondevilla* collat. paroch. eccl. de Gumeriaco, Senonen. di., vac. per assecutionem paroch. eccl. de Paniscola, Dertusen. di., Bernardo de Ciraco auct. apost. collatæ ; non obst. canon. et præb. ac præpositura eccl. s. Aniani Aurelianen., et capella B. M. Magdalenæ de Abluis, Carnoten. di. ; (kal. jun., pontificatus Innocentii Papæ VI a. X.) — I. e. m. s. Petri et s. Agricoli Avenionen. eccl. decanis, ac officiali Senonen. (*A.* 153, f. 12 [b].)

Ut s. T. XIV, XVI.

479. — *Joanni de Calher* collat. perp. vicariæ in eccl. s. Joannis Trajecten., vac. per resignat. Theodorici Polleyn ex causa permutat. cum perp. capell. in paroch. eccl. B. M. Partium Walacriæ prope Middelburgh, Trajecten. di., ap. S. A. factam ; non obst. paroch. eccl. de Neyeuwerne, et canon. ac præb. eccl. in Zohilo, dictæ Trajecten. di. (non. maii, pontificatus Innocentii Papæ VI a. X.) — I. e. m. majoris et B. M. Trajecten. decanis, ac Joanni Mercerii can. Engolismen. eccl. (*A.* 153, f. 12 [b].)

Ut s. T. XIII, XV.

480. *Joanni de Capella* collat. paroch. eccl. de Rodessano, Nemausen. di., vac. per resignat. ap. S. A. factam ab Audoyno de Acra ; (non. maii, pontificatus Innocentii Papæ a. VI X.) — I. e. m. decano eccl. s. Agricoli Avenionen., et Nemausen., ac Lemovicen. officialibus. (*A.* 153, f. 13 [b].)

Datum *Avenione.*

8 nov. 1362. Gr. pro Deo.

481. *Decano s. Joannis, et in Lubberke ac in Lo archid. is eccl. Minden.*, mand. ut Hermanno de Eleze, cler. Hildesemen., conferant paroch. eccl. in Gledinghe, Hildesemen. di., quam Henricus de Helthusen diu tenuit ad sacerdotium non promotus : (III non. aug., pontificatus Innocentii Papæ VI a. X.) (*A.* 153, f. 15 [a].)

Ut s.

482. — *Joanni de Romegos* collat. perp. benef. s. c. in eccl. de Faveriis, Carcassonen. di., vac. per obit. ap. S. A. Joannis Strabaudi ; non obst. paroch. eccl. deRoheria prope Peyracum, Lemovicen. di., et perp. capell. s. Stephani in eccl. s. Petrivirorum Aurelianen. ; (IV id. jul., pontificatus Innocentii Papæ VI a. X.) — I. e. m. abb. monast. s. Petri Montismajoris, Arelaten. di., et cant. eccl. Constantien., ac officiali Carcassonen. (*A.* 153, f. 17 [a].)

Ut s. T. XIV, XVI.

483. — *Willelmo de Ceshelin,* mag. in art., conf. perp. vicariæ paroch. eccl. de Franchkyre, s. Andreæ di., in Scotia, per resignat. Adæ de Tungham ap. S. A. factam vac. ; cum obligatione dimitt. paroch. eccl. de Nevech, dictæ di., et cassatione gratiæ exp. benef. c. c. vel s. c. ad collat. ep. i s. Andreæ ; (IX kal. maii. Innocentii Papæ VI a. IX.) — I. e. m. abb. monast. de Dunfermelyn, s. Andreæ di., decano s. Agricoli Avenionen., ac thesaur. Glasguen eccl. (*A.* 153, f. 20 [b].)

Ut s. T. XX.

484. — *Archiep. o Arelaten., decano s. Agricoli Avenionen., et officiali Mimaten.*, mand. ut Guidoni de Cavarroc, cler. S. Flori di., famil. Heliæ s. Stephani in Cæliomonte presb. card. supplic., conferant paroch. eccl. s. Petri de Bacono, Mimaten. di., vac. per obit. ap. S. A. Stephani Bonihominis ; (XIV kal. jun., Innocentii Papæ VI a. X.) ; cum cassatione gratiæ exp. benef. c. c. vel s. c., ad collat. archiep. i Bituricen. (*A.* 153, f. 21 [b].)

Ut s. T. XXII.

485. — *Abb. monast. s. Georgii de Bauquiervilla, Rothomagen. di.*, mand. ut Nicolao nato Joannis de Petravilla, cler. Rothomagen. di., conferat paroch. eccl. de Sottavilla, prope Rothomagum, vac. per obit. ap. S. A. Nicolai Anglici ; (II kal. jun., Innocentii Papæ VI a. X.) — (*A.* 153, f. 24 [a].)

Ut s. T. XIV, XVI.

486. — *Ricardo Caron* collat. paroch. eccl. de Bononiesvilla, Rothomagen. di., vac. per resignat. Ricardi Barbæ, ap. S. A. factam ; (IX kal. jan., Innocentii Papæ VI a. IX.) — I. e. m. decano s. Agricoli Avenionen., et cancellario Parisien., ac officiali Rothomagen. (*A.* 153, f. 24 [b].)

Ut s. T. XVIII.

487. — *Abb. monast. Scotorum in Wyenna, præp. s. Petri in Brumia, Patavien., et Olomucen. di., ac decano s. Agricoli Avenionen. eccl.*, mand. ut Joanni de Lubens conferant paroch. eccl. in Lausse, Patavien. di., vac. per assecutionem scolastriæ eccl. Wratislavien., quæ dign. existit, Simoni de Legintz ab Innocentio Papa VI collatæ ; cum obligatione dimitt. perp. vicariam paroch. eccl. s. Sepulchri Dominici in Legintz, Wratislavien. di. ; (IV id. maii, pontificatus ejusd. a. X.) (*A.* 153, f. 25 [a].)

Ut s. T. XIV, XVI.

488. — *Thiderico de Westerem* collat. paroch. eccl. in Beverstede, Bremen. di., vac. per resignat. Bochardi de Beverstede, ex causa permutat. cum perp. vicaria in eccl. Bremen., ap. S. A. factam ; (IX kal. jan. Innocentii Papæ VI a. IX.) — I. e. m. Cuniberti et s. s. apostolorum Colonien. præp., ac decano s. Agricoli Avenionen. (*A.* 153, f. 31 [b].)

Ut s. T. XXIII.

489. — *Priori s. Cosmæ de Insula prope Turonis,* mand. ut Joanni Fureti, can. præben. eccl. s. Martini Turonen., conferat paroch. eccl. de Monterichardi, Turonen. di. vac. per resignat. Gaufridi de Assayo, dicti Bersierre, ap. S. A. sponte factam ; (non. maii, Innocentii Papæ VI a. X.) — (*A.* 153, f. 33 [b].)

Ut s. T. XIV, XVI.

490. — *Petro de Gugenheym* collat. perp. vicariæ altaris S. M. Magdalenæ siti in eccl. Nuhusen., extra muros Wormacien., vac. per resignat. Helfriti Joannis dicti

Datum *Avenione.*

Schene de Wormacia, ex causa permutat. cum perp. vicaria altaris S. M. siti in eccl. s. Andreæ Wormacien , ap. S. A. factam ; (non maii, Innocentii Papæ VI a. X.) — I. e. m. s. Agricoli Avenionen., et s. Stephani, ac s. Joannis Maguntin. eccl. decanis. (*A.* 153, f. 34 b.)

8 nov. 1362. **491.** — *Præp. monast. s. Petri in Montesereno per præp. soliti gub., Magdeburgen. di., et decano ac Bernardo de Schulenborch can. Magdeburgen.*, mand. ut Joanni de Osdasen, perp. cap. in eccl. Magdeburgen., conferant paroch. eccl. in Magna Rodenslene, Magdeburgen. di., ex eo vac. quia Bertoldus de Linstede diu ipsam possedit ad sacerdotium non promotus, nulla super hoc dispens. obtenta ; (XIII kal. febr., pontificatus Innocentii Papæ VI a. X.) — (*A.* 153, f. 42 b.)

Ut s. **492.** — *Nuemburgen. et s. Severi Erfoden., Maguntin. di., præp., ac decano s. Agricoli Avenionen.*, mand. ut Henrico dicto Bessingen de Guctren, perp. vicario in capella s. Joannis opidi Mulhusen, Maguntin. di., conferant paroch. eccl. in Apoldia, dictæ di.. vac. per assecutionem decanatus eccl. s. Severi Erforden., ejusd. di., Ludowico de Munre collati, et propter diutinam vacationem ad S. A. devolutam ; (IV id. maii, pontificatus Innocentii Papæ VI a. X.) (*A.* 153, f. 47 a.)

Ut s. **493.** — *Officiali Albien.*, mand. ut Raimundo Capellerii, can., præben. eccl. Vauren., baccal. in decr., conferat paroch. eccl. de Masselheta, Carcassonen. di., post obit. Heliæ Peselli ab Innocentio Papa VI disposit. apost. reservatam ; cassatur gratia exp. benef. c. c. vel. s. c., ad collat. ep. i Castren. ; (III non. jul., pontificatus ejusd. a. X.) (*A.* 153, f. 51 b.)

Ut s. **494.** — *Præp. et decano s. Petri, ac cant. s. Thomæ eccl. Argentinen.*, mand. ut Joanni Balistarii, cler. Argentinen, conferant paroch. eccl. in Berstette, (10 march arg.), Argentinen. di., quam Heykelnia de Friburgo una cum parochialibus in Heckelinge et in Forcheim ecclesiis, Constantien. di., absque dispens. per plures annos tenuit ; (VI id. mart., pontificatus Innocentii Papa VI, a. X.) (*A.* 153, f. 57 a.)

Ut s. **495.** — *Petro Bassolli* conf. perp. vicaria paroch. eccl. de Salinano, Biterren. di., vac. per liberam resignat. Aimerici Pelicerii, Papæ script., qui jam ex causa permutat. cum Petro Pelicerii fiendæ paroch. eccl. de Valleberaudo, Tolosan. di., etiam resignaverat ; non obst. perp. benef., conductu integro nuncupato in eccl. Bitterren. ; (IX kal. jan., pontificatus Innocentii Papæ VI a. IX.) — I. e. m. decano s. Agricoli Avenionen., sacristæ et præcent. Bitterren. (*A.* 153, f. 71 a.)

Ut s. **496.** — *Begoni de Canhaco* collat. perp. benef. s. c. in eccl. Agathen., vac. per resignat. Bernardi de Ciraco, ex causa permutat. cum paroch. eccl. de Gumriaco, Senonen. di., ap. S. A. factam ; (VIII kal. oct., pontificatus Innocentii Papæ VI a. IX.) — I. e. m. decano s. Agricoli, sacristæ majoris Avenionen. eccl., et officiali Agathen. (*A.* 153, f. 72 a.)

Ut s. **497.** — *Bernardo Ysserpi* conf. paroch. eccl. de Aquiscalidis, S. Flori di., vac. per resignat. Joannis de Manso, ex causa permutat. cum vicaria paroch. eccl. s. Mameti de Petrussia, Auxitan. di., ap. S. A. factam ; (non. maii, pontificatus Innocentii Papæ VI a. X.) — I. e. m. ep. o Convenarum; decano s. Agricoli Avenionen., officiali s. Flori. (*A.* 153, f. 78 a.)

Ut s. **498.** — *Sandro Gentilis de Alcoconicis de Florentia* collat. eccl. s, c. s. Bartholomæi de Gastra, Fesulan. di., vac. per resignat. Bindi Gentilis ex causa permutat. cum canon. et præb. colleg. plebis s. Martini de Brozzi, Florentin. di., ap. S. A. factam . (IX kal. sept., pontificatus Innocentii Papæ VI a. VIII). — I. e. m. præp. Florentin., et s.

Datum *Avenione.*

Martini de Brozzi, ac S. M. de Piscia, Florentin. et Lucan. di., plebium plebanis. (*A.* 153, f. 79 a.)

8 nov. 1362. **499**. — *Joanni Rucconchini* collat. paroch. eccl. b. Martini de Vallerauca, Nemausen. di., vac. per resignat. mag. Petri Racconchini, S. A. cap., ex causa permutat. cum canon. et præb. eccl. Januen., ac paroch. eccl. B. M. de Murmurono, prioratus nuncupatæ, Carpentoraten. di., ap. S. A. factam ; non obst. eccl. s. c. B. M. de Barrecellis, Nemausen. di. ; (XIV kal. aug., pontificatus Innocentii Papæ VI a. X.) — *I. e. m. vacat.* (*A.* 153, f. 82 b.)

Ut s. **500**. — *Abb. sæcul. Viseten., Leodien. di., et decano s. Joannis, ac cant. s. Dionysii Leodien.*, mand. ut Hermanno Suderman conferant paroch. eccl. de Oysies, Leodien. di.; quam Joannes natus quondam Werrici de Onay, presb. dictæ di., jam dispensato super defectu natalium quem patitur de soluto et soluta genitus, absque ulla alia dispens. assecutus est post permutat. factam cum quond. Joanne dicto Blandias de Dyonanto, pro parroch. eccl. de Huyet, ejusd. di., post dispens. præfatam dicto Joanni nato quond. Werrici, collata. non obst. in Nuhusen. cum præb., et in s. Mauritii extra muros Monasterien. eccl. sub. exp. præb. majoris canonicatibus ; (XVI kal. sept.. Innocentii Papæ VI a. VIII). (*A.* 153, f. 86 b.)

Ut s. **501**. — *Cancell. eccl. Tolosan.*, mand. ut Joanni Rollandi conferat paroch. eccl. de Sanctolono. Tolosan di., vac. per assecutionem sacristiæ eccl. Narbonen. Raimundo Curti ab Innocentio Papa VI collatæ; non obst. in majori et in s. Firmini Ambianen. eccl. canon. et præb.; (XI kal. aug., pontificatus ejusd. a. X). (*A.* 153, f. 89 a.)

Ut s. **502**. — *Bernardo de Garnello, et Arnaldo de Rupe canonicis, ac officiali Caturcen.*, mandi ut Raimundo de Caucina, cler. Agennen. di., conferant paroch. eccl. de Lencilhaco Caturcen. di., ex eo vac. quia Arnaldus de Caucina, in Ungariæ et Poloniæ regnis succollector fructuum cameræ apost. debitorum, se non fecit absque dispens. ad sacerdotium promoveri ; (IV kal. maii, pontificatus Innocentii Papæ VI a. IX). (*A.* 153, f. 90 b.)

Ut s. **503**. — *Decano Tirasonen., arch. Vicen., et officiali Avenionen.*, mand. ut Bernardo Serra, presb. Vicen. di., conferant paroch. eccl. de Aquilone, dictæ di., vac. per obit. ap. S. A. Francisci Zaronira, et eid. Bernardo, virtute quarumdam litt. Innocenti. Papæ VI, super prov. benef. c. c. vel s. c. ad collat. ep. i Vicen., nulliter collatam ; (IV kal. jan., pontificatus ejusd. a. IX) ; cassantur præfatæ litt. (*A.* 153, f. 103 a.)

Ut s. **504**. — *Rothomagen, Lexovien. et s. Agricoli Avenionen. decanis*, mand. ut Petro Fourini, alias le Masuyer, perp. cap. in eccl. monast. monialium S. Trinitatis de Cadonio, O. S. B. Bajocen. di., jam dispensato super defectu natalium quem patitur de presb. et soluta genitus ad ord. et beneficium etiam c. c. obtinendum, conferant paroch. eccl. de Hamello Lexovien. di., quam ex permutatione cum Joanne Richier, absque alia dispens., facta pro paroch. eccl. de Omersvilla, Rothomagen di., a pluribus annis nulliter possidet ; sequitur dispens. super inhabilitate ; (non. maii, pontificatus Innocentii Papæ VI a. X). (*A.* 153, f. 103 b.)

Ut s. **505**. — *Ep. o Londonien.*, mand. ut Thomæ de Baketon, cler. Norwicen. di., baccal. in leg., conferat paroch. eccl. s. Gregorii de Sudbiria, dictæ di., (30 lib. sterl.), vac. per assecutionem cancellariæ eccl. Londonien. Henrico de Campodene auct. apost. collatæ ; (III id. mart., pontificatus Innocentii Papæ VI a. X). (*A.* 153, f. 105 a.)

Ut s. Gr. **506**. — *Pontio de Caupaleriis* collat. ruralis eccl. s. Martini de Serris, Carpentaroten. di., vac. per resignat. quond. Raimundi Martini, Papæ script., ex causa permu-

Datum *Avenione.*

tat. cum perp. capell. in eccl. Campifloriti prope Avinionem, per quondam Petrum de Moreriis cler. Avenionen. canonice instituta ac ruralis eccl. s. Martini de Fenalheto Aquen. di., ap. S. A. factam; non obst. paroch. eccl. de Valle Ayrenica-Uticen. di., et canon. sub exp. præb. eccl. Massilien.; (III kal. febr., pontificatus Innocentii Papæ VI a. IX). — I. e. m. Cavallicen. et Ventien. ep. is ac præp. eccl. Ebredunen. (*A*. 153, f. 108 a.)

8 nov. 1362. T. XIII, XV. **507**. — *Petro Lavanderii* collat. perp. capell in capella loci dicti Maliconcilii prope Noviomum, vac. per obit. ap. S. A. Joannis Amolii; non obst. paroch. eccl. de Dreslincurte Noviomen., (25 l. t.), propter guerras fere totaliter collapsa, et perp. capell. b. Ægidii in eccl. Noviomen., modici valoris; (VI non. jul., pontificatus Innocentii Papæ VI a. X.) — I. e. m. abb. monast. S. Eligii Noviomen., et decano S. Agricoli Avenionen., ac archid. Noviomen. eccl. (*A*. 153, f. 111 a.)

Ut s. T. XX. **508**. — *In Gennebach et S. Toruperti abb. ac præp. omnium sanctorum, per præpositum soliti gub., monast. Constantien di.*, mand. ut Joanni nato quond. Detheri de Meysteisheim, can. præben. eccl. Rivangen., Constantien. di., conferant paroch. eccl. in Endingen, Constantien. di., vac. per assecutionem paroch. eccl. in Wihensheim apud Turrim, Argentinen. di., Eymundo de Geretzecke auct. apost. collatæ; cassatur gratia exp. benef. c. c. vel s. c. ad collat. ep. i Constantien.; (VI non. jul., pontificatus Innocentii Papæ VI a. X). (*A*. 153, f. 112 a.)

Ut s. **509**. — *Henrico dicto Wolfelin minori*, præb. Constantien. di., confirmatur collat. a Philippo ep. o Cavallicen., tunc A. S. legato facta de paroch. eccl. in Rinsteten, Argentinen. di., jamdiu vac., eo quia Albertus dictus Iudembretor ad sacerdotium absque ulla dispens. promoveri non curavit; (IV id. maii, Innocentii Papæ VI a. X). (*A*. 153, f. 113 b.)

Ut s. **510**. — *Præp. et decano majoris ac cant. s. Thomæ Argentinen. eccl.*, mand. ut Octaviano dicto Znobrucke, subdiacono Argentinen. di., conferant paroch. in Dalheim, dictæ di., quam una cum aliis benef. incompatibilibus diu tenuit, ad sacerdotium absque dispens. non promotus; (VII kal. oct., Innocentii Papæ VI, a. IX). (*A*. 153, f. 124 b.)

Ut s. **511**. — *Arnaldo de Labona* conf. perp. vicaria paroch. eccl. de Royssa et perp. capell. in rurali eccl. s. Baudilii de Bodis, s. c., Castren. et Vabren. di., vac. per resignat. Petri de Vansergiis ex causa permutat. cum perp. vicaria paroch. eccl. de Florentino, Ruthenen. di., ap. S. A. factam; (VII id. maii, pontificatus Innocentii Papæ VI a. VIII). — I. e. m. præb. eccl. Mimaten., et Ruthenen., ac Vabren. officialibus. (*A*. 153, f. 148 a.)

Ut s. **512** — *Ep. o Fulginaten.*, mand. ut Paulucio Andreæ de Astancolis, cler. Tudertin. conferat eccl. ruralem et s. c. s. Marini de Quadrellis, Tudertin. di., vac. per consecrat. Andreæ ep. i Tudertin.; (V id. oct., pontificatus Innocentii Papæ VI a. IV). (*A*. 153, f. 153 a.)

Ut s. **513**. — *Abb. monast. Medianimonasterii, et s. Deodati de s. Deodato, Tullen di., ac s. Agricoli Avenionen. eccl. decanis*, mand. ut Nicolao Petri de Badovillari, presb. Tullen. di., conferant paroch. eccl. de Badovillari, (50 l., t.), vac. per obit. ap. S. A. Henrici Joannis, et eid. Petro per Joannem præceptorem domus hospitalis s. Joannis Jerosolimitan. s. Georgii prope Lunarisvillam, dictæ di, ad quem ipsius eccl. collatio pertinet, nulliter collatam; (XI kal. febr., pontificatus Innocentii Papæ VI a. X). (*A*. 153, f. 156 a.)

Datum *Avenione.*

8 nov. 1362. **514.** — *Præp. Claromonten., decano s. Agricoli Avenionen., et Thomæ Guierræ can. Claromonten.*, mand. ut Petro Fabri, cler. Claromonten. di., conferant paroch. eccl. Crusiacinoni, dictæ di., (25 l. t.), vac. per obit. ap. S. A. Joannis Baudi; cassatur gratia exp. benef. c. c. vel s. c. ad collat. abb. et conv. monast. Mauziaci, O. S. B., dictæ di., cujus virtute dictam eccl. nulliter sibi conferri fecerat; (id. apr., pontificatus Innocentii Papæ VI a. X). (*A.* 153. f. 157 a.)

Ut s. **515.** — *Mang. Balduino de Wissant,* can. Morinen., conf. off. scriptoriæ litt. apost., vac. per obit. ap. S. A. Droconis de Rouriis; (VII id. jul., pontificatus Innocentii Papæ VI a. IX). (*A.* 153, f. 178 a.)

Ut s. **516.** — *Ep. o Zwerinen.*, mand. ut Joanni Ylowen, can. eccl. Colbergen, Caminen. di., conferat paroch. eccl. in Rybbenicze, Zwerinen di., vac. per resignat. Henrici Werneri, ap. S. A. sponte factam; (IX kal. jan., pontificatus Innocentii Papæ VI a. IX). (*A.* 153, f. 183 a.)

Ut s. **517.** — *Officiali s. Flori,* mand. ut Berengario de Monteaurato conferat perp. vicariam c. c. in eccl. Ruthenen., vacat. per assecutionem paroch. eccl. s. Martini de Subtuscornamira, di. S. Flori; cum obligatione dimitt. curatam eccl. de Rossi. dictæ di.; (kal. jun., Innocentii VI a. X). (*A.* 153, f. 218 b.)

Ut s. T. XII 1/2, XIV 1/2. **518.** — *Joanni de Podio,* can. præben. eccl. de Remorentino, Aurelianen. di., reservatur paroch. eccl. s. Joannis in Croca Æduen., per assecutionem paroch. eccl. de Ruppe s. Margaretæ, Vabren. di., Petro Furnerii auct. apost. collatæ, in brevi vacat.; (IV non maii, pontificatus Innocentii Papæ VI a. X). — I. e. m. ep. o Tutellen., et decano eccl. s. Agricoli Avenionen., ac officiali Æduen. (*A.* 153, f. 263 a.)

Ut s. T. XIII, XV. **519.** — *Bernardo Pareti,* presb. Petragoricen. di., reservatur, consid. Talayrandi ep. i Albanen., paroch. eccl. s. Eumachii, Sarlaten. di., per assecutionem cantoriæ eccl. Famagustan., quæ dign. existit, Heliæ de Portafide auct. apost. collatæ in brevi vacat.; (IV kal. jul., pontificatus Innocentii Papæ VI a. X). — I. e. m. archiep. o Nicosien., et Aquen., ac Lumberien. ep. is. (*A.* 153, f. 290 b.)

Ut s. T. XII 1/2, XIV 1/2 **520.** — *Joanni Toynæ,* licent. in leg., et baccal. in decr., reservatur paroch. eccl. s. Martini de Sernone, Abrincen. di., per assecutionem decanatus eccl. Abrincen., Joanni Rouselli auct. apost. collati in brevi vacat.; non obst. in dicta Abrincen. canon. sub exp. præb., et in s. Sansonis supra Rillam Rothomagen. di., eccl. quodam perp. benef. s. c. modici valoris; (IV kal. aug., pontificatus Innocentii Papæ VI a. X). — I. e. m. decano eccl. s. Agricoli Avenionen., et Andegaven., ac Abrincen. officialibus. (*A.* 153, f. 308 b.)

Ut s. T. XIII, XV. **521.** — *Philippo de Brocharotunda,* rectori paroch. eccl. b. Nicolai de Alacrimonte, Rothomagen. di., reservatur perp. capell. altaris s. Elizabet siti in paroch. eccl. de Haren., Cameracen. di., per professionem a Guillermo Lupi facienda in domo Vallisbenedictionis, Villænovæ, Cartusien. ord., Avenionen. di., in brevi vacat.; (VIII kal. jul., pontificatus Innocentii Papæ VI a. VII.) — I. e. m. s. Trinitatis in Monte s. Catherinæ, juxta Rothomagum, et s. Auberti Cameracen. monast. abb. ac decano eccl. s. Agricoli Avenionen. (*A.* 153, f. 330 a.)

Ut s. **522.** — *Joanni Minfredi, de Pressiaco sicco,* collat. paroch. eccl. de Quempeneat, Maclovien. di., vac. per obit. ap. S. A. Petri de Beloczat; (VIII kal. febr. pontificatus Innocentii Papæ VI a. X.) — I. e. m. ep. o Vencien., et decano eccl. s. Petri. ac officiali Lucionen. (*A.* 153, f. 670 a.)

Ut s. T. XIV, XVI. **523.** — *Bernardo Bartholomæi,* can. præben. eccl. Lunden., collat. canon. eccl. Lubicen. cum præb., distincta nuncupata, per assecutionem alterius majoris præb. ejusd.

Datum *Avenione.*

eccl., in qua majores et minores præb. existunt, ab Hermanno de Roscok, virtute subrogationis per Innocentium Papam VI factæ, obtentæ, vacat.; (XV kal. jul., pontificatus ejusd. a. VIII). — I. e. m. ep. o Verulan., et Bremen., ac Hildesemen. eccl. decanis. (*A.* 153, f. 675 a.)

9 (v id.) *nov. 1362.* T. XX. **524**. *Præp. Bremen., et Buczowen., Zwerinen. di., ac s. Agricoli Avenionen. eccl. decanis,* mand. ut Gotfrido de Warendorp can. eccl. Tarbaten., in qua majores mediæ et minores præb. existunt, conferant præb. majorem dictæ eccl., vac. per obit. ap. S. A. Joannis dicti Guillaberti; non obst. in Lubicen. canon. et præb., et in Tarbaten. eccl., prædicta, media præb. quam dimitt. tenetur; (IX kal. jan., pontificatus Innocentii Papæ VI a. IX.) (*A.* 151, f. 233 b.)

11 (III id.) *nov.* T. XXIII. **525**. — *Officiali Ilerden,* mand. ut Raimundo Vigorosi de Cæsaraugusta, in decr. baccal., conferat archidiac. s. Engratiæ in eccl. Oscen. (100 flor. auri). vac. per consecrat. Bernardi ep.i Oscen., non obst. in eadem eccl. canon. et præb. (*A.* 151, f. 66 b.)

Ut s. Gr. **526**. — *Ep.o Vapincen., et Avenionen., ac s. Stephani de Prato, Pistorien. di., præp. eccl.,* mand. ut Andruyno s. Marcelli presb. card. conferant canon. præb. et archidiac. eccl. Elnen., vac. per obit. ap. S. A. Nicolai s. Sixti presb. card.; sequitur dispens. super plural. benef. (*A.* 152, f. 35 a.)

Ut s. T. XXII. **527**.— *Abb. monast. s. Eligii Noviomen., et s. Petri Suessionen., ac s. Agricoli Avenionen. decanis eccl.,* mand. ut Bertrando de Bolio, in decr. baccal., conferant canon., præb. et archidiac. eccl. Noviomen., vac. per consecrat. Gerardi ep.i Atrebaten.; consid. Nicolai S. M. Via lata diac. card., cujus cap. et procurator existit; non obst. in Suessionen. cum decanatu, et Laudunen. eccl. canon. et præb., quos successive post assecutionem archidiac. canon. et præb. prædictorum dimit. tenetur. (*A.* 152, f. 62 b.).

Ut s. T. XI. XIII. **528**. — *Petro de Sorcenaco,* Papæ cap., leg. doct., collat. canon. et præb. eccl. Narbonen., vac. per obit. ap. S. A. Joannis de Lacivolio; non obst. in s. Felicis cum decanatu, et in de Insulaiordani, Tolosan. di., eccl. cum cantoria, canon. et præb.—I. e. m. decano s. Agricoli Avenionen., et archid. Tharaconen., Ilerden.. eccl., ac officiali Narbonen. (*A.* 152, f. 92 b.)

12 (II id.) *nov.* T. XVIII. **529**. *Archiep. is Nicosien. et Burdegalen., ac officiali Aquen.,* mand. ut Raimundo de Furno, baccal. in leg., cap. et famil. Petri s. s. Quatuor Coronatorum presb. card., supplic., conferant. canon. et præb. eccl. Aquen., vac. per consecrat. Guillelmi ep.i Bajonen.; non obst. altera parte eccl. s. Genesii, per II solitæ gub. rectores. (30 l. t.), Sarlaten. di. (*A.* 151, f. 170 b.)

Ut s. T. XI. XIII. **530**. *Hugoni Gaufridi,* rectori paroch. eccl. de Grandimonte, Ruthenen. di., collat. canon. et præb. eccl. Aquen., per consecrat. Petri el. Antisiodoren. in brevi vacat., consid. Guillelmi S. M. in Transtiberim presb. card., cujus cap. et famil. commens. existit. — I. e. m. præp. Majoris et decano s. Agricoli Avenionen., ac officiali Aquen. (*A.* 151, f. 322 a.)

Ut s. T. XVIII. **531**. — *Archiep.o Nicosien., et priori eccl. s. Caprasii Agennen., ac officiali Agennen.,* mand. ut Raimundo Seguini de Altigiis, licent. in leg., conferant, consid. Petri regis, et Alianoris reginæ Cipri, canon. et præb. eccl. Agennen., vac. per obit. ap. S. A. Martini Girardi, ejusd. sedis cap.; non obst. in eccl. Paphen. canon. sub exp. præb., et perp. rurali benef. de Murrenchis, modici valoris, Condomien. di.; cassatur prov. canon. sub exp. præb. dictæ eccl. Agennen. (*A.* 152, f. 295 a.)

Datum *Avenione.*

13 (id. *nov.*) *1362.* T. XI, XIII,

532. — *Gaufrido Lavenant*, in u. j. licent., collat. canon. et præb. eccl. Belvacen., vacat. per consecrat. Petri ep.i Autisiodoren.; non obst. quod Innocentius Papa VI sibi de canon. sub exp. præb. eccl. Ambianen. providerit, cujus gratiæ vigore si præbendam in ipsa eccl. assecutus existat, se asserit ignorare. — I. e. m. Gaufrido Fabri Morinen., Thomæ de Chesa Constantien., can. ac officiali Parisien. (*A.* 151, f. 394 a.)

Ut s. T. XVIII.

533. — *Præp. Piniacen., Forojulien. di., archid. et officiali Tolonen.*, mand. ut Guillelmo de Fonte perp. cap. perpetuæ capell. s. Antonii in eccl. Tolonen., conferant paroch. eccl. s. Petri de Areys, Tolonen. di., vac. per obit. Bertrandi Mirabelli succollectoris fructuum cameræ apost. debitorum in di. Tolonen. (*A.* 153, f. 23 b.)

14 nov. (XVIII kal. déc.) T. XVII.

534. — *Abb. monast. s. Medardi Suessionen., et decano eccl. s. Agricoli Avinionen., ac officiali Suessionen.*, mand. ut Joanni Villeblam conferant præposituram eccl. Suessionen. cujus existit can. vac. per obit. Jacobi de Parvocellario ; non obst. in prædicta Suessionen. et in S. Clementis Compendien. et in S. Petri Masscrien. canon. et præb. necnon quadam in S. Lazari de Feritatemilonis quæ ad præsentationem patroni laici spectat, et una in Delinirignaco Suessionen. et Remen. di., ac alia perp. capell. in s. Petri Silvanecten, paroch. eccl. ; cum obligatione dimitt. canon. et præb. in S. Clementis et s. Petri ac capell. in Delinirignaco et s. Petri eccl. (*A.* 151, f. 2 b.)

Ut s. T. XVII.

535. — *S. Agricoli Avenionen. et s. Crucis Leodien. ac s. Servatii Trajecten., Leodien. di., eccl. decanis,* mand. ut Martino Colyn, famil. commens. Raynaldi S. Adriani diac. card. supplic., conferant archipresb. eccl. B. M. Aquen. Leodien. di., s. c., vac. per obit. ap. S. A. Joannis de Brandeborg ; non obst. in ead. eccl. canon. et præb. (*A.* 151, f. 7 a.)

Ut s. Gratis pro nepote Dni. card.

536. — *Officiali Tolosan.*, mand. ut Geraldo de Rupe, XIII an. agenti, can. præben. et præp. eccl. Majoricen., consanguineo Guillelmi S. M. in Transtiberim presb. card. supplic., conferat canon. et præb. eccl. Ruthenen., vac. ap. S. A. per assecutionem archidiac. Amiliani et canon. ac præb. in ead. eccl. dicto archidiac. annexorum, Guillelmo de Agrifolio, ejusd. sedis cap., auct. ordinaria collatorum ; licet Fayditus ep.us Ruthenen. eid. Geraldo apost. sede vac., dictos canon. et præb. nulliter contulerit (*A.* 151, f. 227 b).

Ut s. T. XVIIII.

537. — *Abb. monast. Tierni Claromonten. di., et decano s. Petri Avinionen. ac officiali Claromonten.*, mand. ut Geraldo de Colongiis, cler. Claromonten. di., conferant canon. et præb. eccl. s. Genesii de Tierno, dictæ di., vac. per matrim. Hugonis de Molendino, ap. S. A. contractum, quos capit. ejusd. eccl. contra reservat. Innocentii Papæ VI eid. Geraldo jam contulerant. (*A.* 152, f. 18 a.)

Ut s. T. XVIII.

538. — *Ep.o Lexovien., et abb. monast. s. Nicolai Andegaven., ac officiali Caturcen.*, mand. ut Joanni Nicoti, leg. doct., conferant præposituram de Mesangeyo in eccl. Carnoten., cujus exist. can. præben. vac. per obit. ap. S. A. Bernardi Stephani, ejusd. S. not. ; non obst. in s. Aniani Aurelianen. canon. et præb. et in Parisien. eccl. canon. sub exp. præb. ; decanatum autem ruralem Montisacuti, Lucionen. di., dimittat, et gratia exp. dign., personatus seu off. in dicta eccl. Carnoten. destitutus sit. (*A.* 152, f. 36 a).

Ut s. T. XIII. XV.

539. — *Mauritio de Barda*, in leg. licent., collat., consid. Guillelmi S. M. in Cosmedin diac. card., præcentoriæ eccl. Narbonen., vac. per obit. Hugonis Barroti, S. A. cap. ; non obst. canon. et præb. in Bituricen. cum decanatu, et in Biterren. cum succentoria, quæ simplex off. existit ; canon. autem et præb. Carnoten. et de Vastino, Bituricen. di., eccl. dimittat. — I. e. m. ep.o Ruthenen., et decano s. Agricoli Avenionen., ac officiali Narbonen. (*A.* 152, f. 174 a.)

Datum *Avenione.*

14 nov. (XVIII kal. déc.) T. XII 1/2, XIV 1/2.

540. — *Laurentio Lamongeria,* consanguineo Guillelmi S. M. in Cosmedin diac. card., supplic., reservantur canon. et præb. eccl. de Vastino, Bituricen. di., vac. per assecut. præcentoriæ eccl. Narbonen. Mauritio de Barda per P. P. collatæ; non obst. canon. et præb. eccl. Ebroicen., ac altera portione paroch. eccl. B. M. de Letoneris per II solitæ gub. rectores, et unam s. Lazari in eccl. de Lusarchiis, et aliam in capella hospitii de Lambigniaco perp. capell., Ebroicen. et Parisien. di. — I. e. m. Reginaldo de Buxia, et Reginaldo de Neomio can. eccl. Parisien., ac officiali Bituricen. (*A.* 152, f. 191 b.)

Ut s. T. XIII, XV.

541. — *Armando Jausserandi de Blasilia,* collat. canon. et præb. eccl. Cameracen. vac. per obit. ap. S. A. Bernardi de Nexonio, ejusd. sedis cap.; cum obligatione dimittendi canon. et præb. s. Amati Duacen., super quibus litigat, et S. M. Antuerpien., ac paroch. eccl. de Arpaione, Atrebaten., Cameracen. et s. Floridi. — I. e. m. abb. monast. s. Auberti Cameracen., et archid. Hannonien., in eccl. Cameracen., ac officiali Cameracen. (*A.* 152, f. 293 b.)

Ut s. T. XIII, XV.

542. — *Petro Juliani,* in leg. licent., collat. canon. et præb. eccl. Bajocen., vac. per obit. ap. S. A. Bernardi Stephani ejusd. Sedis not.; non obst. canon. et præb. eccl. Claromonten. — I. e. m. de Villanova, Avenionen. di., et s. Agricoli Avenionen. eccl. decanis, ac officiali Parisien. (*A.* 152, f. 635 a.)

Ut s. T. XII 1/2, XIV 1/2.

543. — *Gaufrido Audiberti,* collat. canon. et præb. eccl. de Insula Jordani, Tholosani di., vac. per obit. ap. S. A. Hugonis Petrani; cum obligatione dimittendi perp. capell. in eccl. Avenionen., modici valoris, et paroch. eccl. s. Stephani de Sernuntino, Uticen. di., (15. l. t.) — I. e. m. priori B. M. de Montealto, Avenionen. di., et decano eccl. s. Agricoli Avenionen., ac officiali Tolosani. (*A.* 152, f. 45 b.)

Ut s. T. XII, XIV.

544. — *Joanni Caveyroni,* reservatur paroch. eccl. de Sauseto, Uticen., di. consid. Petri ep.i Uticen., cujus est famil., vacat. per assecutionem præpositurae eccl. Regen. Petro Sinaderii per P. P. collatæ; cum obligatione dimitt. paroch eccl. de Brinhono, dictæ di. — I. e. m. decano s. Agricoli Avenionen. et præp. Uticen. eccl., ac officiali Uticen. (*A.* 152, f. 191 a.)

16 nov. (XVI kal. déc.)

545. — *Petro Morelli* conf. paroch. eccl. de Fontenellis, Pictaven. di., (30 l. t.), vac. per resignat. Joannis Francisci ap. S. A. factam. — I. e. m. abb. S. Maxenen. et S. Marie de Alodiis Pictavien. di. monast., ac decano eccl. Pictavien. (*A.* 150, f. 28 a.)

Ut s. T. XVIII.

546. — *Abb., monast. Arularum, Elnen. di., et decano s. Agricoli Avenionen., ac Fernando Petri de Calco, can. Tirasonen. eccl.,* mand. ut Didaco Roderici de Heredia, bacall. in leg., conferant canon., præb. et abbatiam sæcul. eccl. s. Felicis, Gerunden., vac. per obit. ap. S. A. Nicolai, s. Sixti presb. card.; canon. autem et præb. cum archidiac. de Saldanya eccl. Legionen. dimittat. (*A.* 152, f. 31 a.)

Ut s. T. XI, XIII.

547. — *Petro Domandi alias de La Fontenhela,* reservantur canon. et præb. eccl. Apten., per assecut. canon. et præb. eccl. Pictaven., Petro Domandi per P. P. collatorum in brevi vacat. — I. e. m. Bituricen., et s. Agricoli Avenionen. decanis, ac præp. Apten. eccl. (*A.* 152, f. 636 a.)

17 nov. (XV kal. déc.) T. XVIII.

548. — *Ep.o Columbrien. et decano eccl. S. Agricoli Avinionen., ac officiali Cæsaraugustan.,* mand. ut Petro Lupi de Luna, leg. doct., conferant canon., præb. et præposituram seu mensatam eccl. Valentin., vac. per consecrat. Jacobi ep.i Dertusen., non obst. in Tirasonen. cum archidiac. Calacambii et in Ilerden., cum præpositura seu mensata, quod simplex officium est, ac in Leodien. canon. et præp. et in eadem Tirasonen. eccl. ac in civitate et di. Tirasonen. quibusdam præstimoniis, quæ canon. et præb.

Datum *Avenione.*

ipsius eccl. Tirasonen., et archidiac. Calacambii, necnon præposituram prædictam dimitt. tenetur. (*A.* 151, f. 6 b.)

18 nov. (xiv kal. déc.) *1362.* T. XV, XVII.

549. — *Guillelmo Revello,* in u. j. licent., collat. archidiac. eccl. Regen. vac. per obit. Rostagni Cabassolæ. S. A. cap. non. obst. pluribus beneficiis — I. e. m. archiep. o Aquen., et ep.o Ruthenen., ac decano eccl. S. Agricoli Avenionen. (*A.* 151, f. 25 a.)

Ut s. T. XI 1/2, XIII 1/2.

550. — *Gaufrido Le Marhec,* fratri Gaufridi ep.i Corisopiten. supplic., conf. præb. eccl. Corisopiten., vac. per obit. Yvonis Helen, quam, virtute collat. canon. sub exp. præb. ejusd. eccl. ab Innocentio Papa VI, IV id. julii a. IX ipsi factæ, acceptavit, sed sibi de ipsa provideri nequit, quia super hujusmodi collat. litt. apost. confectæ minime extiterunt ; non obst. perp. capell. in eccl. Turonen. et gratia exp. benef. s. c. ad collat. decani et capit. eccl. omnium s. s. de Mauritania Sagien. di., quæ cassatur. — I. e. m. abb. monast. s. Wyngaloei de Landeguenet, Corisopiten. di., ac decano eccl. s. Agricoli Avenionen., ac officiali Corisopiten. (*A.* 151, f. 237 a.)

Ut s. T. XII, XIV.

551. — *Gaufrido le Marhec juniori,* collat. præb. eccl. Leonen., vac. per obit. Hacmelini de Bonylleyo, quam, virtute prov. canon. sub exp. præb. ejusd. eccl. ab Innocentio Papa VI, IV kal. jan. a. VII, concessæ, acceptavit, sed de ipsa sibi facere provideri minime potuit, quia super prov. hujusmodi litt. apost. confectæ non fuerunt., non obst. in Turonen. quadam perp. capell,, in Corisopiten. canon. sub exp. præb. et in loco Tudino, Corisopiten, canon. et præb. — I. e. m. abb. monast. B. M. de Doulas, Corisopiten. di., et decano s. Agricoli Avenionen., ac officiali Corisopiten. (*A.* 151. f. 248 b.

Ut s T. XV, XVII.

552. — *Joanni Gratiani,* cap. Ægidii s. Martini in Montibus presb. card. supplic., collat. priorat. de Seneliaco, O. S. A., Aurelianen. di., a monast. s. Evurtii, cujus existit can., eorumd. ord. et di., dependentis, et per ipsius can. soliti gub., vac. per promotionem Petri ad abbatiam ejusd. monast., (30 lib. paris.) ; cassatur gratia exp. benef., c. c. vel s. c., pertin. ad collat. abb. et conv. ejusd. monast. — I. e. m. Majoris et s. Petri Puellarum Aurelianen., ac Æduen, eccl. decanis. (*A.* 151, f., 152 a.)

Ut s T. XVIII.

553. — *Sacristæ Narbonen., et Stephano de Batuto Caturcen.* [*can.*] *eccl., ac officiali Narbonen.,* mand. ut Petro Stephani, famil. et cap. Petri S. M. Novæ diac. card. supplic., conferant paroch. eccl. de Conillaco, Narbonen. di., vac. per obit. Arnaldi de Maleria, S. A. cap. ; non obst. in Biterren. cum præcentoria, quæ simplex off. existit, et in Narbonen. ac Majoricen. eccl. canon. et præb. ; dimittat autem paroch. eccl. de Cerama, dictæ di, et canon. ac præb. eccl. Barchinonen. (*A.* 154, f. 94 b.)

Ut s.

554. — *Willelmo Boule de Holzwilre,* collat. canon. et præb. eccl. s. Severini Colonien., vac. per obit. Johannis dicti Cleyngedanck, quos acceptavit vigore gratiæ exp. benef. s. c. (18 march. arg.), ipsi per Innocentium Papam VI, XVI kal. jan. a IX concessæ, licet litt. apost. super ea nondum confectæ fuerint ; non obst. paroch. eccl. de Hergarden., Colonien. di. — I. e. m. decano s. Agricoli Avenionen., et scolast., ac Goswino de Reys can. Colonien. eccl. (*A.* 151, f. 404 b.)

19 nov. (xiii kal. déc.) *1362.* T. XVII 1/2

555. — *Decano s. Agricoli Avenionen., et archid. de Octa Ebroicen., ac Petro de Chintrio can. Cathalaunen. eccl.,* mand. ut Radulpho de Ulmonte, in leg. licent., conferant canon. et præb. eccl. Rothomagen., vac. per obit. Joannis s. Georgii ad velum aureum diac. card. ; non obst. canon. et præb. (15 l. t.), eccl. s. Thimotei Remen. (*A.* 151, f. 157 a.)

Ut s. T. XI, XIII.

556. — *Guillelmo le Thyois,* cler. Suessionen. di., collat. canon. et præb. (20 lib.

Datum *Avenione.*

paris.) eccl. s. Clementis Compendien., Suessionen. di., vac. per assecutionem præpositurae ejusd. eccl. Joanni de Villeblain per P. P. collatæ. — I. e. m. ep.o Morinen. et s. Medardi, ac s. Crispini maioris Suessionen. monast. abb. (A. 151, f. 383 a.)

19 nov. (xiii kal. dec.) *1362.* T. XI, XIII.

557. — *Haymoni de Villacoencyori*, rectori paroch. eccl. s. Martini super Ligeretum, Aurelianen. di., presb., et pro parte universitatis studii Aurelianen. ad P. P. merito destinato, reservantur canon. et præb. eccl. Trecen., per consecrat. Petri el. Autisiodoren. in brevi vacat. ; non obst. canon. sub exp. præb. eccl. Turonen. — I. e. m. ep.o Carpentoraten., et decano eccl. Aurelianen., ac. officiali Trecen. (*A.* 152, f. 27 a.)

Ut s. T. XVII.

558. — *Briocen. et Maclovien. decanis, ac archid. Agnen. Leonen. eccl.*, mand. ut Guillelmo de Capitefontium, in u. j. licent., conferant archidiac. de Pagocastell, in eccl. Trecoren., vac. per obit. Hervei de Bomreguel ; sacristiam autem, quæ simplex off. existit, in Redonen., canon. et præb. in B. M. Magdalenæ de Vitreyo eccl., ac paroch. eccl. de Plebelan., Redonen. et Leonen. di., dimitt. est. (*A.* 152, f. 95 b.)

Ut s. T. XIX 1/2.

559. — *Ep.o Morinen. et abb. monast. s. Juliani de Scalaria Turonen., ac priori s. Cosmæ de Insula prope Turonis*, mand. ut Nicolao de Bignis, cap. Stephani S. M. in Aquiro diac. card. supplic., in leg. licent., conferant præposituram de Leriaco in eccl. s. Martini Turonen., cujus can. existit, vac. per resignat. Roberti ep.i Morinen. ; non obst. decanatu curali de Albona, Gebennen. di., canon. et præb. eccl. Gebennen. dimittat, et cassatur prov. canon. sub exp. præb. dictæ eccl. s. Martini, ab Innocentio Papa VI ipsi facta, nam hodie similis gratia sibi concessa est. (*A.* 152, f. 261 b.)

Ut s. T. XVI.

560. — *Ægidio ep.o Sabinen., A. S. legato*, mand. ut Sancium Sancii, cler. Abulen., cubicularium suum, subroget Michaeli Martini, extra curiam defuncto in scriptorem penitentiariæ apost. (*A.* 152, f. 435 a.)

Ut s. T. XII, XIII.

561. — *Berengario de Boveria, minori*, cler. Magalonen. di., collat. perp. benef. s. c. quod capellania s. Fructuosi de Camelis nuncupatur, Elnen. di., vac. per resignat. ap. S. A. Berengarii de Roveria, Senioris. — I. e. m. ep.o Nemausen., et decano eccl. s. Agricoli Avenionen., ac officiali Elnen. (*A.* 152, f. 474 a.)

20 nov. (xii kal. dec.) *1362.* T. XXIII.

562. — *Officiali Bituricen.*, mand. ut, consid. Guillelmi S. M. in Transtiberim presb. card., Ademario de Veyraco conferat canon. et præb. eccl. Bituricen. cum prioratu eccl. s. Laurentii de Vastino, Bituricen. di., vac. per consecrat. Aymerici ep.i Lodoven. non obst. canon. et præb. eccl. Bituricen. ac paroch. eccl. de Altihaco, Lemovicen. di., quodque nuper sibi de canon. et præb. eccl. s. Petri Insulen. Tornacen. di. per Innocentium Papam VI mandatum fuit provideri. Quæ paroch. eccl. et canon, cum præb. eccl. s. Petri dimitt. tenetur. (*A.* 151, f. 4 b.)

Ut s. T. XXI.

563. — *Decano eccl. s. Agricoli Avenionen., et Rothomagen. ac Carnoten. officialibus* mand. ut Joanni de Capis, in leg. licent., nep. Petri s. Martini in Montibus presb. card., conferant canon., præb. et cantoriam eccl. Rothomagen. vac. per consecrat. Joannis ep. i Melden. ; non obst. in Cameracen. et Atrebaten. eccl. canon. et præb. (*A.* 152, f. 94 a.)

21 nov. (xi kal. dec.) *1362.* T. XII, XIV.

564. — *Bernardo Caciani* collat. canon. eccl. s. Felicis Gerunden. per resignat. a Raimundo de Querio, Papæ script., ex causa permutat. cum perp. benef. hebdomadaria vulgariter nuncupato, s. c., in parroch. eccl. S. M. Castilionis Impueriarum, Gerunden. di., ap. S. A. factam vac. — I. e. m. præcent. Elnen., et Ferdinando Munionis can. Gerunden. eccl., ac officiali Gerunden. (*A.* 151, f. 161 a.)

Datum *Avenione.*

21 nov. (XI kal. dec.) *1362.*

565. — *Joanni dicto Von der Mulin*, cler. Maguntin. di., collat. canon. et præb. (15 flor. auri), eccl. s. Simeonis Treveren., vacat. per assecutionem canon. et præb. eccl. s. Thomæ Argentin. Hermanno Zeppenfelder per P. P. collatorum. — I. e. m. s. Felicis Tolosan. di., et s. Petri extra muros Maguntin. ac. s. Pauli extra muros Treveren. decanis. (*A*. 151, f. 566 b.)

Ut s. T. X 1/2, XII 1/2.

566. — *Joanni Pays*, cler. Dunelmen. di., gratia exp. paroch. eccl. de Stane Roffen. di., per assecutionem decanatus eccl. Cicestren., Nicolao de Aston per P. P. collati in brevi vacat. — I. e. m. decano s. Agricoli Avenionen., et thesaur. Exonien., ac Adæ Pottowe can. Lincolnien. eccl. (*A*. 152, f. 170 b.)

Ut s. Gr. pro socio

567. — *Mag. Raimundo de Querio,* Papæ script., perp. cap. in eccl. de Villanova, Gerunden. di., collat. perp. benef. s. c., ebdomedariæ nuncupati, in paroch. eccl. S. M. Castilionis Impuriarum, dictæ di., vac. per resignat. Bernardi Caciani, ex causa permutat. cum canon. et capell. c. c. in eccl. Gerunden., in qua certus can. numerus et præb. distinctio non habentur, ap. S. A. factam. — I. e. m. præcent. Elnen et Ferdinando Munionis can. Gerunden. eccl., ac officiali Gerunden. (*A*. 153, f. 13 b.)

Ut s. T. XIII, XV

568. — *Petro Jovelli* collat. paroch. eccl. de Salsis, Mimaten. di., vac. per assecutionem paroch. eccl. s. Martini de Choldayraco, dictæ di., Raimundo de Castronovo per P. P. collatæ; dimittat autem capellam de Monteferrando, ejusd. di. — I. e. m. s. Felicis de Caramano, Tholosan. di., et s. Agricoli Avenionen eccl. decanis, ac officiali Mimaten. (*A*. 153, f. 68 b).

Ut s. T. XI, XIII.

569. — *Pontio de Crotis,* cler. Claromonten. di., famil. commens. Ægidii s. Martini in Montibus presb. card., collat. personatus de Ghele, Cameracen. di., per consecrat. Petri el. Autisiodoren. in brevi vacat.; cum obligatione dimitt. personatum de Amnis, Morinen. di. — I. e. m. Æduen. et s. Agricoli Avenionen. decanis, ac officiali Cameracen. (*A* 153, f. 243 a.).

22 nov. (X kal. dec.) *1362.* T. XI, XIII.

570. *Rainaldo Perroti de Piperno*, cler. Terracinen., cap. domestico et continuo commens. ac consanguineo Rainaldi s. Adriani diac. card. supplic., gratia exp. canon., præb. et præposituræ de Tongres, quæ dign. existit, in eccl. Leodien. vacat. per consecrat. Angeli ep. i Casinen. — I. e. m. archid. Amalfitan., decano s. Martini, cant. s. Crucis Leodien. (*A*. 151, f. 78b.)

Ut s. T. XI, XIII.

571. — *Nicolao Boneti* collat. canon. eccl. s Bernardi de Romanis Viennen. di., in qua licet sit certus can. numerus, præb. tamen distinctio non habetur; non obst. paroch. Belli Respectus, Valentin. di., (30 sol. tur.) — I. e. m. abb. monast. s. Antonii, Viennen di., et præp. eccl. Valentin., ac officiali Valentin. (*A*. 151, f. 156b.)

Ut s. T. XI, XIII.

572. — *Ricardo de Bruyeria*, presb. Rothomagen., cap. commens. Raynaldi s. Adriani diac. card. supplic., collat. canon. et præb. eccl. Belvacen., vacat. per consecrat. Angeli ep.i Casinen. — I. e. m. abb. monast. s. Quintini extra muros Belvacen., archid. Amalfitan., et Nicolao de Setia can. Paduan. (*A*. 151, f. 313 a.)

Ut s.

573. — *Ep.o Urbevetan.* mand. ut Jacobo nato quond. Ursi de filiis Ursi cler. de Urbe, nep. Rainaldi s. Adriani diac. card., conferat canon. et præb. eccl. Paduan. vacat. per consecrat. Angeli el. Casinen. (*A*. 151, f. 352 a.)

Ut s. T. XVII.

574. — *Decano s. Agricoli Avenionen., et præp. Arelaten. eccl., ac officiali Massilien.* mand. ut Jacobo de Thalays, cler. Lemovicen. di., servitori Guillelmi ep.i Massilien. supplic., conferant canon., præb. et operaria, quæ simplex off. existit, in eccl. Massilien. vac. per obit. ap. S. A. Joannis Bessæ. (*A*. 152, f. 38 b.)

Datum *Avenione.*

Ut s. T. XVIII.

575. — *Ep.o Colimbrien., et abb. monast. s. Auberti Cameracen., ac officiali Cameracen.* mand. ut Petro Mazoerii, leg. doct. socio Petri S. M. Novæ diac. card. supplic., conferant archidiac. Antwerpien. in eccl. Cameracen., vac. per obit. ap. S. A. Bernardi de Nexonio; non obst. in ead. et Claromonten. ac s. Gaugerici Cameracen., cum custodia, quæ simplex off. existit, ecclesiis canon. et præb.; paroch. autem eccl. de Atsinco, Electen. di., et canon. cum præb. eccl. Senonen. dimittat. (*A*. 152, f. 139 a.)

25 nov. (IX kal. dec.) *1362*. T. XXII.

576. — *Officiali Aurelianen.* mand. ut Milloni de Dormano in leg. baccal., conferant canon. et præb. eccl. Parisien. vac. per consecrat. Joannis ep.i Melden.; non obst. quod in Carnoten. ac Noviburgi. Ebroicen. di., eccl. canon. et præb. obtineat, ac super certis canon. et præb. Parisien. et Rothomagen., ac decanatu dictæ Noviburgi eccl., quos dimitt. tenetur, litiget. (A. 151, f. 162 a.)

Ut s. T. XVII 1/2.

577. — *Abb. monast. s. Dionisii Remen., et decano s. Agricoli Avenionen., ac officiali Parisien.* mand. ut Joanni Hardi, in u. j. licent., conferant canon. et præb. eccl. Remen. vac. per obit. Reginaldi Fremerii, S. A. cap.; non obst. archidiac. de Gazeyo et II perp. capell., quas dimitt. tenetur in eccl. Lexovien. (*A*. 151, f. 163 a.)

Ut s. T. XVII.

578. — *S. Genovefæ Parisien., et s. Menninii Cathalaunen. monast. abb. ac decano eccl. s. Agricoli Avenionen.* mand. ut Mathæo de Vivacio alias dicto de Piguevaot conferant canon. et præb. eccl. Cathalaunen. vac. per obit. ap. S. A. Joannis de la Parra; non obst. quod id. Mathæus paroch. eccl. Halescuria, et in eccl. de Montiacocastro, Belvacen. di., canon. et præb. obtineat; cum clausula dimittendi perp. capell. B. M. in paroch. s. Salvatoris, et canon. et præb. in s. Vedasti Belvacen., in B. M. de Claromonte, et in s. Evremondi eccl., dictæ di. (*A*. 152, f. 25 a.)

Ut s. Gr.

579. — *Mag. Ægidio de Ulcheyo*, Papæ script., reservantur canon. et præb eccl. Laudunen., per consecrat. Petri el. Autisiodoren. in brevi vacat.; non obst. in Bajocen. et Suessionen. eccl. canon. et præb.; canon. autem et præb. S. M. in Vineis Suessionen. et Montisfalconis eccl., ac paroch. eccl. de Tannayo, Remen. di., dimittat. — I. e. m. s. Martini Laudunen. et s. Medardi Suessionen. monast. abb., ac præp. eccl. Praten., Pistorien. di. (*A*. 152, f. 51 a.)

Ut s. T. XI, VIII.

580. — *Geraldo Testa*, licent. in. decr., collat. canon. et præb. eccl. Bajocen. vac. per obit. ap. S. A. Ricardi de Colemonte; consid. Guillelmi s. Georgii ad velum aureum diac. card., cujus cap. continuus commens. existit; non obst. paroch. eccl. de Vortio, Ruthenen. di. — I. e. m. ep.o Bajocen., et archid. Agennen., ac officiali Avenionen. (*A*. 152, f. 64 a.)

Ut s. T. XVIII.

581. — *S. Genovefæ Parisien. et s. Joannis Senonen. monast. abb., ac decano eccl. s. Agricoli Avenionen.* mand. ut Roberto de Turribus supra Maternam, in leg. licent., conferant archidiac. de Pruvino in eccl. Senonen., cujus can. existit, vac. per obit. ap. S. A. Joannis de Croso; cum obligatione dimittendi paroch. eccl. s. Britii, Lexovien. di. (*A*. 152, f. 100 a.)

24 nov. (VIII kal. dec.) *1362*. T. XVIII.

582. — *S. Genovefæ et s. Maglorii Parisien. monast. abb. ac decano s. Agricoli Avenionen.* mand. ut Dionysio de Collatoriis can. Melden. eccl. conferant cantoriam ejusd. eccl. vac. per dimissionem ap. S. A. Garnerii de Berrone. non obst. capellæ regalis Parisien. et prefatæ Melden. ac. S. Quintini in Viromandia eccl. canon. et præb., necnon paroch. eccl. de Plesseto de Funcciansodi nuncupata et capella S. Joannis sita in eccl. B. Nicolai de Triogallo necnon de Molinandinellis et B. M. castri de Maigniaco capellarum perp. capell. Noviomen. Belvacen. Rothomagen. et Parisien. di. Quam paroch. eccl. et B. M. necnon de Molinendinellis capellarum capell. et capellam s. Joannis prædictas dimitt. tenetur. (*A*. 151, f. 3b.)

Datum *Avenione.*

24 nov. (XIII kal. dec.) *1362.* T. XI, XIII.

583. — *Jacobo de Sirano,* licent. in decr., collat. canon. et præb. eccl. Barchinonen., per assecutionem paroch. eccl. B. M. de Canilhaco, Narbonen. di., Petro Stephani per P.P. collatæ in brevi vacat., non obst. paroch. eccl. de Solagio, Narbonen. di. — I. e. m. decano Bituricen., et Narbonen. ac. Barchinonen. officialibus. (*A.* 151, f. 353 b.)

Ut s. T. XI, XIII.

584. — *Joanni de Colemonte* collat. paroch. eccl. de Gordavilla[1], Rothomagen. di., vac. per obit. ap. S. A. Ricardi de Colemonte. — I. e. m. Rothomagen. et s. Agricoli Avenionen. eccl. decanis, ac officiali Rothomagen. (*A.* 152, f. 64 a.)

Ut s. T. XVII 1/2.

585. — *Abb. monast. Lesaten., et priori s. Firmini de Montepessulano, Remen. et Magalonen, di., ac officiali Castren.* mand. ut Joanni Benedicti, cler. Vabren. di., conferant canon. et præb. et sacristiam eccl. de Burlatio, Castren. di., vac. per obit. ap. S. A. Petri de Talliaca, dictæ sedis cap., et palatii apost. auditoris causarum; consid. Raimundi ep.i Prænestrin. (*A.* 152, f. 81 b.)

Ut s. T. XI 1/2. XIII 1/2.

586. — *Guillelmo Radulphi* reservatur paroch. eccl. de Cerania, Narbonen. di., vacat. per assecutionem paroch. eccl. de Canilhaco, ejusd. di., Petro Stephani per P. P. collatæ ; non obst. capella sita in domo præcentoris eccl. Biterren., in civitate Biterren. situata, (15 l. t.); consid. Petri S. M. Novæ diac. card. — I. e. m. decano s. Agricoli Avenionen., et Bernardo Stephani can. Elnen. eccl., ac officiali Narbonen. (A. 152, f. 358 a.)

25 nov. (VII kal. dec.) *1362.* T. XVIII.

587. — *Noviomen. et s. Agricoli Avenionen. eccl. decanis ac officiali Lingonen.* mand. ut Joanni de Tertia leuca, consiliario Joannis R. F. supplic., conferant archidiac. de Tornodoro in eccl. Lingonen. cujus can. existit, vac. per dimissionem ap. S. A. factam ab Ademaro, non obst. in ead. Lingonen. et in S. Machuti de Barro super Albam cum decanatu canon. et præb. ac in paroch. de Ytio eccl., Lingonen. di., perp. capell. B. Eligii, quem Decanatum S. Machuti dimitt. tenetur. (A. 151, f. 8 a.)

Ut s.

588. — *Officiali Andegaven.* mand. ut Guillelmo de Chanaco, cler. Lemovicen. di., in j. civili studenti, conferat canon. et præb. eccl. Atrebaten., post obit. Guidonis de Ripperia ab Innocentio Papa VI disposit. apost. reservatos. (A. 151, f. 204 b.)

Ut s. T. XXIII.

589. — *Convenarum et Cuman. ep.is, ac Stephano de Batuto, can. Caturcen.* mand. ut paroch. eccl. de Montanhaco, Agathen. di., vac. per obit. ap. S. A. Bernardi de Nexonio cap. ejusd. sedis, et cler. cameræ, conferant Jacobo Cathalani, cler. Barchinonen., qui canon. et præb. eccl. Valentin., et paroch. eccl. B. M. de Valle Canderiotum, Electen. di., dimittendus est, licet obtineat in Barchinonen. et s. Pauli in Fenolhedesio eccl. canon. et præb. (A. 152, f. 50 a.)

Ut s. T. XXI.

590. — *Officiali Lingonen.* mand. ut Petro Ducheti reservet, obtentu Joannis R. F., decanatum eccl. s. Machuti de Barro super Albam, cujus existit can. præben. Lingonen. di., per assecutionem archidiac. eccl. Lingonen., Joanni de Tertialeuca per P. P. collati in brevi vacat.; non obst. canon. et præb. eccl. Lingonen.; præposituram autem dictæ eccl. s. Machuti, et paroch. eccl. de Marcilleyo, dictæ di., dimittat. (*A.* 152, f. 104 b.)

Ut s. T. XII, XIV.

591. — *Arnaldo de Artigia* reservatur paroch. eccl. de Castri Comitalis, Condomien. di., per assecutionem archidiac. eccl. Agennen. Bernardo de Podio per P. P. collati, in brevi vacat; paroch. vero eccl. de Monteclaro, Aduren. di., cujus possessionem nondum est assecutus, dimittat. — I. e. m. priori Mansiagennesii, et decano s. Felicis de Caramanno, Condomien. et Tolosan. di., ac archid. Tarantonæ Ilerden. eccl. (*A.* 152, f. 185 a.)

1. Godarvilla.

Datum *Avenione.*

Ut s.
T. XII, XIV

592. — *Geraldo de Podio*, cler. Lectoren. di., reservantur canon. et præb. eccl. Vasaten. per assecutionem archidiac. eccl. Agennen., Bernardo de Podio per P. P. collati in brevi vacat.; non obst. perp. benef. s.c., (15 l. t.), s. Martini prope Cadelhanum nuncupato, Lectoren. di. — I. e. m. decano s. Felicis Tolosan.di., et Petro de Mosserone can. Vasaten. eccl.. ac officiali Condomien. (*A*. 152, f. 539 a.)

26 nov. (VI kal. dec.) *1362.*
T. XVII.

593. — *Ep.o Carpentoraten., et decano ac Michaeli Durandi can. eccl. Rothomagen.* mand. ut Roberto Sanuale, famil. et cap. Petri S. M. Novæ diac. card. supplic., conferant paroch. eccl. s. Patritii Rothomagen. di.. pertin. ad præsentationem cancellarie eccl. Rothomagen., vac. per obit. Roberti Pilon., et ap. S. A. propter vacationem ejusd. cancellariæ; cum obligatione dimittendi personatum de Mirevilla, dictæ di. (*A*. 152, f. 148 b.)

27 nov. (V kal. dec.) *1362.*
T. XIV, XVI.

594. — *Jacobo Ganga* collat. cantoriæ eccl. Idrontin., vac. per resignat. Jacobi Mallayanatæ, ex causa permutat. cum perp. benef., præbenda sacerdotali, alias Civimarchato nuncupato in eccl. Neapolitan., ap. S. A. factam; non obst. in Turonen. et in s. Audomari, Morinen. di., eccl. canon. et præb. (id. apr., pontificatus Innocentii Papæ VI a. X.). — I. e. m. S. M. de Cipolla. et s. Demetrii Neapolitan. monast. abb., ac archid. eccl. Beneventan. (*A*. 152, f. 394 b.)

28 nov. (IV kal. dec.) *1362.*
T. XVIII.

595. — *Joanni Robinelli Pictaven., et Stephano de Nuce Riven eccl. can., ac officiali Lexovien.*, mand. ut Bernardo Melioris, licent. in leg., famil. et camerario Nicolai S. M. in via lata diac. card. supplic. conferant canon. et archidiac. de Levino in Lexovien. eccl. vac. per obit. ap. S. A. Petri s. Martini in Montibus presb. card. non obst. paroch. eccl. de Bolhaco., Ruthenen. di., ac prioratu s. c. sæcul. colleg. eccl. B. M. Magdalenæ Nemausen., ac canon. et præb. et capell. perp. S. Joannis in eccl. Methen., cum obligat. dimitt. prioratum et residendi in eccl. Lexovien. (*A*. 151, f. 9b.)

Ut s.
T. XX.

596. — *Abb. monast. s. Petri Montismajoris Arelaten. di., et cant. eccl. Constantien., ac officiali Narbonen.* mand. ut Bernardo de Turre alias dicto de Combornaria, consanguineo et cap. Audoyni ep.i Ostien. supplic., conferant canon., præb. et succentoriam, quæ simplex off. est, eccl. Narbonen., vac. per assecutionem sacristiæ ejusd. eccl. a fe. re. Innocentio Papa VI quond. Rampnulpho Heliæ de Pompedorio collatæ; non obst. quod id. Bernardus in Lemovicen. eccl. canon. et præb. et paroch. eccl. de Bugaragio, Electen. di., obtineat; canon. autem et præb. Carnoten. et s. Gaugerici Cameracen. eccl., ac priorat. s. c. sæcul. eccl. de Gradanis, Carcassonen. di., dimittat. (*A*. 152, f. 21 a.)

ABBEVILLE. — IMPRIMERIE F. PAILLART

www.ingramcontent.com/pod-product-compliance
Lightning Source LLC
LaVergne TN
LVHW010944210726
843510LV00013B/133
* 9 7 8 2 3 2 9 6 9 4 8 5 6 *